IL EN FAUT peu POUR ÊTRE HEUREUX

IL EN FAUT peu POUR ÊTRE HEUREUX

MARILYSE TRÉCOURT

City
Roman

Publié dans une première version sous le titre
Mon nom est Bond, Mojito Bond chez Librinova.
Visuel de couverture : Marilyse Trécourt, HappyPictures/Shutterstock (mouettes)
ISBN : 978-2-8246-2711-3
Code Hachette : 32 8289 5

Collection dirigée par Christian English & Frédéric Thibaud
Catalogues et manuscrits : city-editions.com

Dépôt légal : Octobre 2025

Si j'ai écrit ce roman, c'est pour égayer votre journée, vous faire sourire, et même rire.
C'est aussi pour vous émouvoir, et pour vous rappeler que oui, parfois, il en faut peu pour être heureux.
Un câlin, un moment de partage, un paysage enchanteur, un carré de (bon) chocolat, un souffle apaisé et la conscience que tout va bien, là, maintenant.
Alors, je vous souhaite, du fond du cœur, de collectionner tous ces fragments de bonheur sans aucune modération et de savourer ceux que j'ai glissés dans cette histoire.
Avec toute mon affection,

Marilyse

LA PLAYLIST DE MOJITO

Tout au long de ce roman, vous croiserez des clins d'œil musicaux glissés ici et là. Chaque chanson citée m'a accompagnée pendant l'écriture. Pour plonger avec moi dans l'univers rythmé de cette histoire, vous pouvez écouter la playlist de *Il en faut peu pour être heureux* en cliquant sur le flashcode ci-dessous : il vous mènera directement sur Spotify.

À la fin du roman, juste après les remerciements, vous trouverez la liste des chansons citées. Bonne lecture… Et bonne écoute !

Prologue de Madeleine

Ce matin encore, le vent est bien plus vif que moi. On dirait qu'il fait tout pour m'empêcher d'ouvrir mes volets. Ils couinent sur leurs gonds rouillés et me révèlent un ciel gris, fade et moche. Comme ma vie. Enfin, je réussis à fixer les battants en bois au mur et je me penche.

Dans la rue, les enfants Duverneuil hurlent comme des hyènes en rut. Leur ballon rebondit contre ma clôture. Tant pis pour eux, je jure que s'il atterrit dans mon jardin, il finira à la benne, comme les autres, point final.

Sur le trottoir d'en face, deux petites vieilles tirent un cabas à roulettes en me lançant des regards en coin et en lâchant des vacheries sur mon compte. Comme si je n'entendais rien. Comme si j'étais sourde, en plus d'être invisible.

Une mobylette pétarade au coin de la rue. Je sursaute, peste, et m'apprête à refermer la fenêtre quand une voiture bleu pétrole s'engage lentement dans l'impasse. La chanson qui s'échappe des vitres ouvertes est beaucoup trop forte et d'une niaiserie pathétique : « *Il en faut peu pour être heureux, vraiment très peu...* » Je lâche un rire sec. Quelle blague ! Il m'en faudrait un paquet, à moi, pour être heureuse. Un miracle. Du genre spectaculaire. Et les miracles, ça se produit à Lourdes, pas en Bretagne. En tout cas, pas dans ma rue. La voiture s'arrête devant chez Lola, ma voisine, celle qui s'efforce d'être sympa avec moi. Jamais compris pourquoi. Chez elle, tout respire la joie. Ses hortensias éclaboussent le ciel de leurs couleurs pastel, les nains de jardin se marrent, les voilages scintillent et même son paillasson chante « *Hello sunshine* ». Chez moi ? Rien ne dit *Hello*, et surtout pas moi. Une blonde sort du véhicule, le contourne et ouvre la portière arrière. Quelque chose en descend en trottinant. Est-ce un cochon nain, un boudin noir avec des pattes ou un chien-pastèque mutant ? Ma voisine accueille la décolorée en souriant. Elles s'embrassent, elles rient, elles papotent comme des collégiennes, tandis que le polochon à poil court les observe d'un air dépité.

Je les épie, malgré moi, cachée derrière mon rideau. Faudrait pas qu'on croie que je m'intéresse un tant soit peu à mes voisins. J'ai une posture à tenir, tout de même.

Et là, il se passe un truc dans mon ventre. Un truc étrange, inattendu, que j'avais presque oublié. Un micro-pincement. Presque rien. De l'envie ? De la nostalgie ? De la tendresse ?

Je referme la fenêtre d'un geste sec, comme pour refouler des émotions que je ne veux plus revivre. Plus jamais.

Mais la vie, c'est comme un chat : elle vient se frotter à tes pieds quand tu t'y attends le moins…

1

Une belle escroquerie, oui !

En direct de la tête de Mojito

— Tu es sûre que ça ne va pas trop te déranger ? demande Estelle.

— Mais je te l'ai déjà dit : je suis enchantée d'avoir un mâle pour me tenir compagnie, affirme Lola.

— Je sais bien, mais, tu le connais, il est parfois d'une humeur de chien…

Lola penche légèrement la tête, l'air de dire « Tu exagères ! ». Ah ! J'apprécie qu'elle prenne ma défense. Je sens que je vais bien m'entendre avec elle.

— Oui et il a une haleine de chacal, je sais.

Je détourne la tête en levant les yeux au ciel. Depuis leur arrivée, Estelle et Lola discutent de moi comme si je n'étais qu'un guéridon. Et voilà que maintenant, elles osent évoquer, avec une désinvolture déconcertante, ma soi-disant « humeur de chien » et mon « haleine de chacal ». L'affront ultime. Moi, Mojito, emblème du raffinement canin, comparé à un animal famélique, farouche et grossier ! On croit rêver… À cet instant précis, toute velléité d'entente cordiale entre nous disparaît en fumée. Je me promets solennellement que ces deux ingrates vont désormais devoir mériter le moindre de mes regards. Je vais leur rappeler que, quand on met mon honneur en cause, je peux effectivement devenir horripilant et même développer de sales petites manies…

— Dire que c'est moi qui t'ai aidée à le choisir… enchaîne Lola.

— C'est vrai. Tu te souviens comme il était mignon, à l'époque ?

« À l'époque » est de trop, si vous voulez mon avis. Je suis toujours mignon, d'abord. Et les voilà reparties à se remémorer la période où elles avaient passé quelques jours de vacances à Londres, dans un *bed and breakfast* dont les propriétaires élevaient des bouledogues français. Estelle passait son temps devant la nurserie et, juste avant de partir, elle a décidé d'en adopter un. Pourtant, elle ne parvenait pas à faire son choix (sympa…) et c'est Lola qui a tranché : « *Regarde celui-là, avec sa petite tache en forme de cœur sur la tête, il est trop craquant !* ». Le soir même, elles ont trouvé mon nom après un repas un peu trop arrosé. Je pourrais en être froissé, mais je dois reconnaître que ce patronyme me convient parfaitement. Sans le savoir, elles m'ont offert une sacrée couverture. Qui pourrait deviner qu'un chien au prénom si inoffensif est en réalité un agent secret ? L'authentique version canine de James Bond. Mojito, Mojito Bond, agent secret international disponible pour tous types de missions. Enchanté. De l'extérieur, je ressemble à un bouledogue français, mon pelage est noir et je suis extrêmement séduisant. Je loge chez Estelle, Richard et leur fils Lucas, à Nice. Je suis célibataire et très certainement père de famille, mais je n'ai malheureusement jamais eu la chance de reconnaître l'un de mes enfants. Les pauvres…

— Regarde ! Je lui ai acheté ses confiseries préférées, reprend Lola en sortant une boîte du placard.

Des confiseries. Non, mais elle croit que j'ai quel âge, miss Lola ? Je ne suis plus un lapin de six semaines, moi. Quoique… Jetons un regard à ces douceurs. Des biscuits. Dorés et en forme de « nonosse ». Mes préférés. La traîtresse ! Elle sait comment m'acheter. C'est bas. Mais efficace, j'en conviens. Pourtant, je ne lui ferai pas le plaisir de le lui montrer. Elle ne le mérite pas. Je leur tourne le dos et vais m'asseoir sur le fauteuil en regardant par la fenêtre. Moi qui pensais que je verrais la mer d'ici. Que nenni ! Il n'y a pas plus de mer que de coquillages. C'est ça qu'ils appellent la Bretagne ? Une belle escroquerie, oui… De là où je me trouve, je n'aperçois qu'une vieille maison aux volets défraîchis, un arbre sans feuilles et une rue où s'égosillent des gamins névrosés. Ça va être long, ces vacances…

— Bon, je vais y aller, reprend Estelle en se mordillant la lèvre. Si tu as une question, un souci, envoie-moi un message, je te rappellerai le plus vite possible. Et ne le laisse pas te mener par le bout du nez. C'est toi qui commandes !

Elle enfile son manteau en me jetant des regards furtifs.

— Je sais, tu radotes, ma vieille ! Allez, file ou Richard va s'inquiéter.

— Oui, mais c'est la première fois que nous serons séparés aussi longtemps, alors…

Estelle s'approche et s'assied à côté de moi.

— Mon poussin… commence-t-elle.

Allez savoir pourquoi elle m'affuble de ce surnom ridicule. Je tourne la tête vers elle, magnanime. Je remarque ses yeux rougis.

— Tu vas rester ici quelques jours avec Tata Lola. Tu seras bien sage, pas vrai ? Papa et moi, on part fêter nos vingt ans de mariage à l'île Maurice. Mais la prochaine fois, promis, tu viens avec nous et…

— Estelle, tu sais que je t'adore, mais là, tu deviens pathétique.

— Oui, je sais ! D'accord, j'y vais !

Estelle me caresse la tête et me serre contre elle bien fort. Pour un peu, je ronronnerais… Elle dépose un baiser sur mon nez et me regarde avec amour. Ma maîtresse va me manquer.

Elle se redresse et se tourne vers Lola.

— En même temps, je dois bien avouer que ça ne me fera pas de mal de ne plus l'avoir dans les pattes toute la journée !

Qu'entends-je ? Oh non, elle ne va pas me manquer. Pas du tout ! Je me blottis contre Babouche, mon coussin peluche. Lui au moins, il ne me trahit jamais.

Quand je pense à tout ce que j'ai fait pour elle[1]… Grâce à moi, elle a compris qu'elle devait changer de vie, car la sienne ne la rendait plus heureuse. Elle a formulé un vœu sur son ordinateur et a intégré comme par magie un programme de réalisation de rêves. Bref, je suis, en toute humilité, l'instrument de son épanouissement personnel et de son bonheur familial. Et comment me récompense-t-elle ? En m'abandonnant chez sa meilleure amie pendant qu'elle part roucouler à l'île Marcel avec Richard. Même

1. Voir *Vise la lune et au-delà*, éditions Eyrolles, 2018, dans lequel on retrouve Mojito, Estelle et Lola.

si j'aime bien Lola et ses cajoleries, je n'apprécie pas vraiment de changer mes petites habitudes.

Elles s'embrassent, se promettent de s'appeler. Estelle m'envoie un bisou en soufflant sur sa main et elle s'en va en claquant la porte derrière elle. Voilà, elle est partie, me laissant seul au monde… Ma babine tremblote, alors je repose ma tête sur le coussin pour dissimuler mon émotion.

Lola vient s'asseoir à mes côtés, et me caresse le dos de sa main chaude. Elle sent le muguet et le chocolat.

— Ça y est, on est tous les deux, mon vieux. À nous, la belle vie ! Tu veux qu'on aille faire un tour pour découvrir ton nouveau quartier ?

Je grogne, histoire de laisser planer le suspense. Ça lui apprendra à balancer des méchancetés sur moi, na !

— Allez, arrête de bouder. Si tu es sage, on ira voir la mer !

Je saute du fauteuil et me dirige vers la sortie. Lola semble hésiter en jetant un regard à mon manteau. Enfin, si on peut appeler cette chose indigne ainsi. Un simple morceau d'étoffe vert bouteille, une teinte discutable, surmonté d'une capuche avec des yeux en plastique qui s'agitent de manière grotesque. Un déguisement, voilà ce que c'est ! Mon expression outrée lui fait comprendre qu'il est préférable de ne pas y songer. De quoi aurais-je l'air avec ça ? Je veux faire bonne impression pour ma première sortie dans le quartier. On ne sait jamais qui je pourrais rencontrer. Certes, la beauté est intérieure, encore faut-il que l'emballage donne envie de la découvrir…

Nous descendons l'escalier et Lola ouvre la porte de la maison. Arrivée devant le portail, elle s'arrête net.

— J'ai oublié ta laisse ! Attends-moi, je reviens tout de suite !

Oh non, pas la laisse ! Comme si j'allais m'enfuir comme un fou furieux à l'autre bout du monde. Je ne suis pas un sauvage, moi, j'ai du savoir-vivre. Me tenir enchaîné ainsi, comme un animal de bas étage, quelle humiliation…

— C'est bon, je l'ai ! On peut y aller, Mojito !

Je lève fièrement la tête, prêt à montrer au monde que je suis un chien civilisé, respectable, obéissant. Je sais me tenir, *darling*.

Trois pas.

Un papillon passe.

Et me voilà lancé comme un dératé, langue au vent, dignité dans les papattes, traînant ma maîtresse derrière moi comme un sac de patates.

2

L'ODEUR DE LA SORCIÈRE

MOJITO

Dans la rue, je croise cinq enfants d'âges différents qui jouent au foot en poussant des hurlements hystériques ! *Goooooal*, beugle l'un d'eux. *Péno*, rugit un autre, en tournant sur lui-même, tandis qu'un troisième lui court derrière pour récupérer le ballon. En me voyant, ils semblent se désintéresser de leur match et se précipitent vers moi.

— Oh, il est stylé ! C'est quoi ?

Je suis une otarie, ça ne se voit pas ?

— C'est un bouledogue français. Il s'appelle Mojito.

— C'est un bébé ? Pourquoi il est si petit ? demande le plus jeune en me montrant du doigt.

Et toi, t'es pas petit, peut-être ?

— Non, c'est un adulte. Il a cinq ans, lui répond Lola.

— C'est un mâle ? demande un autre en me tapotant la tête comme si c'était une balle rebondissante.

Les petits sentent la lessive, la sueur et le poisson pané. Un bon mélange qui me laisse penser que ce sont de braves gamins.

— Bah oui, regarde, il a des roubignoles, s'esclaffe un autre gamin.

Non, mais dis donc ! Je ne te permets pas de reluquer mes bijoux de famille ! On n'a pas gardé les vaches ensemble…

— C'est ton nouveau chien, Lola ?

— Non, c'est celui d'une amie. Il reste avec moi jusqu'à Noël, leur précise-t-elle.

— On peut le caresser ?

— Oui, mais doucement.

OK, personne ne me demande mon avis, donc. Leurs mains sont collantes, mais chaudes. Je me laisse faire, grand prince.

— Il faut faire attention, parce qu'il n'est plus tout jeune.

Comme c'est aimable… Tout ça parce que j'ai trois poils blancs au-dessus des yeux. Les femmes sont impitoyables avec nous.

— On peut venir se promener avec vous ?

Noooon ! Pitié…

— Une autre fois, promis. Mais aujourd'hui, je dois lui faire la visite guidée du quartier et ça va me prendre un certain temps. Amusez-vous bien !

Elle tire un petit coup sur ma laisse et je la suis en trottinant.

— C'étaient les enfants Duverneuil. Ils sont huit frères et sœurs, tu te rends compte ? Leurs parents viennent eux-mêmes d'une grande famille et leur rêve était d'en fonder une à leur tour. Damien, le père, travaille comme garagiste et c'est lui qui s'occupe de ma voiture.

Lola continue de parler, mais je ne l'écoute plus vraiment. J'ai reniflé un parfum exquis ! Celui des gaufres. J'accélère le pas et elle me suit en trottinant.

— OK, on y va, j'ai compris.

Au bout d'un moment, après plusieurs dérapages contrôlés, nous débouchons sur… le paradis. La plage ! Elle est là ! Le ciel gris est percé çà et là de rayons orangés et la mer en reflète les couleurs. Lola détache ma laisse et je détale sur le sable frais. Comme c'est agréable pour mes coussinets, eux qui n'ont connu que les satanés galets niçois jusqu'à présent. Je cours de plus en plus vite. Trop, sans doute, car je m'emmêle les pattes et mon popotin passe par-dessus ma tête. Je me relève en espérant que ma chute ait pu passer pour une cascade savamment chorégraphiée, je fonce vers la mer et plonge sans hésiter. J'aurais dû hésiter. L'eau est glaciale. Celle de Nice est beaucoup plus chaude. Quelle horreur !

Afin de réchauffer mes glaouis glacés comme les appelle Lucas, je retourne en courant le plus vite possible vers Lola. Je lui lance mon regard « tout-doux-tout-mignon », celui qui a le pouvoir de déclencher chez les humains un sentiment de pitié qui leur fait accepter n'importe quoi avant de viser l'objet de mes désirs du bout de la truffe. Oui, j'ai un côté diabolique, parfois.

— Ooooh ! Qu'est-ce qu'il y a Mojito ? Pourquoi regardes-tu là-bas ? Ah ! Je vois !

Je me rue vers le marchand de gaufres qui tient un stand sur l'esplanade. Lola me suit et commande deux gaufres nature que nous dégustons, sous le soleil timide de décembre. Je pourrais me plaire, ici, finalement…

— Je dois t'avouer un truc, Mojito. Quand Estelle m'a demandé si je pouvais te garder pendant deux semaines, ça m'a inquiétée. Tu sais que je t'adore, mais papouiller un chien de temps en temps et en avoir la responsabilité si longtemps, ce n'est pas la même chose… Et puis, quand j'étais petite, j'avais une petite chienne qui s'appelait Lulu, un cocker tout roux. On faisait tout ensemble, on allait chercher le pain, on jouait au ballon, et elle me réconfortait quand j'étais triste. J'avais l'impression qu'elle pouvait lire en moi et qu'elle percevait toutes mes émotions. C'est fou, non ? Il suffisait qu'elle place sa petite tête sur mes genoux pour que je m'apaise instantanément. Mais un jour, alors que j'étais à l'école, elle s'est enfuie de chez nous et elle a été renversée par une voiture. J'étais effondrée et j'ai pleuré pendant des semaines. Je me sentais coupable de son accident, je me disais que si je m'étais mieux occupée d'elle, si je l'avais mieux aimée, elle ne serait pas partie…

Sa voix se brise et ses yeux s'embuent. Je frotte mon museau contre sa jambe et lèche le dos de sa main, ce qui lui arrache un sourire. Au bout d'un moment, elle pousse un soupir et se redresse.

— Mais c'est de l'histoire ancienne, tout ça… Et puis, je commence à me dire que c'est peut-être une bonne chose que tu sois là. Tu vas me changer les idées et me faire sortir plus souvent. Je ne vais jamais à la plage alors qu'elle n'est qu'à dix minutes à pied de la maison. En plus, c'est un super endroit pour y faire des rencontres avec tous ces clubs de voile, de kitesurf, de char à voile… Qui sait, peut-être qu'un bel homme les fréquente ?

Je repense à cette étrange conversation téléphonique entre Estelle et Lola, la semaine dernière. Pendant qu'Estelle s'épilait nonchalamment les jambes – torture que je préfère ne pas commenter –, Lola racontait avoir mis fin à sa relation avec un certain Adam, un spécimen qui préférait manifestement méditer dans un *ashram* en Inde plutôt que rentrer auprès d'elle. Elle affirmait vouloir le laisser libre de « vivre son expérience ». Je n'ai pas été dupe, Estelle non plus. Elle avait flairé ce que j'avais compris instantanément : Lola souffrait de cet énième échec amoureux. Si vous voulez mon avis, elle avait bien fait de le larguer. Ce type n'était qu'un égoïste de la pire espèce, incapable de loyauté. Si les hommes étaient aussi fidèles à leur femme que les chiens à leur maître, le monde tournerait plus rond.

Je pose ma tête sur la cuisse de Lola et lui adresse mon regard « t'en-fais-pas-ça-va-aller ». Elle essuie une larme au coin de ses yeux et m'offre un sourire attendri. Un homme portant une marinière passe devant nous, et lance à Lola une œillade enjôleuse, pâle imitation de mon regard « tout-doux-tout mignon ».

— Un jour, peut-être, j'essaierai de retrouver quelqu'un, mais pas maintenant, me murmure Lola tandis que le marin s'éloigne.

Nous finissons par quitter le paradis et prenons le chemin du retour, en passant par le village. Des pères Noël sont accrochés au rebord des fenêtres, à deux doigts de tomber, et je saute vers eux pour leur prêter main-forte. Mais je suis trop petit et Lola m'explique que ce sont des effigies du père Noël que les gens installent pour partager la magie de Noël avec les passants et faire rêver les enfants qui aiment imaginer la vie secrète de ces bonshommes rouges. C'est grotesque. Je ne vois pas ce qu'il y a de joyeux dans la vision de poupées qui menacent de s'écraser sur le sol, mais bon. Des guirlandes lumineuses égayent le ciel qui s'est renfrogné et des décorations donnent un air de fête au village. Ça sent Noël à plein nez ! Mais pour la première fois depuis ma courte vie, je ne le passerai pas en compagnie de ma famille. Ils m'ont abandonné comme un malpropre…

Mon moral s'effondre dans mes coussinets jusqu'à ce que Lola m'indique les points stratégiques du village : la boulangerie, la boucherie, le marchand de bonbons et le supermarché. Ça sent la mer, les mouettes, les saucisses, le pain chaud et les caniches sexy. Finalement, elles devraient être plutôt savoureuses, ces vacances !

Je reconnais à présent la rue de Lola. Elle s'arrête devant une maison aux murs gris décrépis que j'ai remarquée tout à l'heure. Dans le jardin, les mauvaises herbes ont la taille de buissons. La plupart des volets sont fermés et ceux qui ne le sont pas laissent entrevoir des voilages aux couleurs délavées.

— Vous espionnez ma maison ? s'écrie une voix aiguë dans notre dos.

Je fais un bond sur place. Derrière nous, dans une robe de chambre bleu layette qui aurait mérité une retraite anticipée, se tient une vieille femme aux cheveux gris retenus par un chignon approximatif. Droite comme un piquet. Bougonne comme un bouledogue anglais. On dirait une sorcière en RTT. Je sens Lola se crisper légèrement, puis forcer un sourire poli, façon « tout va bien, je ne vous veux pas de mal, ne me mangez pas ». La vieille nous fixe. Bras croisés, menton levé, yeux en fente.

— Madame Leclerc ! Vous m'avez fait peur ! J'essayais de voir si vous étiez chez vous pour vous proposer de vous rapporter du pain, mais vous m'avez devancée. Comment allez-vous ?

— Mal. Il va pleuvoir. C'est quoi ce chien ?

— Oh ! C'est le chien d'une amie, Mojito. Je le garde quelques semaines à la maison.

— Vous parlez d'un nom stupide !

Lola se fige et resserre les pans de son manteau.

— Il est adorable. Vous pouvez le caresser, il en sera ravi.

Euh… Non, merci, très peu pour moi.

— Quelle drôle d'idée ! Je déteste les chiens, crache-t-elle. Vous ferez attention à ce qu'il ne pisse pas sur les réverbères, sinon ça va empester dans tout le quartier. C'est bien compris ?

Pour qui elle me prend, la sorcière ? J'urine dans les caniveaux, moi, madame !

— Et vous penserez à mes journaux, demain ? reprend-elle, sans une once de gentillesse dans la voix.

Lola pousse un soupir résigné. Je sens qu'elle prend sur elle pour rester polie.

— Oui, je vous les apporterai en fin de journée. Et si vous voulez, nous pourrions installer quelques décorations de Noël chez vous. Ça pourrait être sympa, vous ne trouvez pas ?

— Hors de question. Ces enfantillages puérils me donnent envie de me pendre. Manquerait plus que j'accroche un de ces pères Noël miteux à ma fenêtre…

Je suis surpris qu'elle partage mon opinion sur la futilité de ces absurdes poupées barbues. Pas si folle, la sorcière, finalement…

— Comme vous voudrez, Madeleine, capitule-t-elle enfin. Eh bien, nous allons rentrer, Mojito doit être épuisé. Bonne soirée.

— Hum… grogne-t-elle en me lançant un regard mauvais.

Je baisse légèrement la tête. Mon instinct me souffle que derrière cette peau fripée et ce regard de basilic fané se cache quelque chose que je ne parviens pas encore à interpréter. Elle ouvre son portail et rentre chez elle d'un pas traînant. Lola tire doucement sur ma laisse.

— On y va, mon grand ?

Le vent soulève un coin de la robe de chambre de la vieille dame. Mes poils se hérissent malgré moi. L'odeur du renfermé, mêlée à quelque chose de plus âpre, plus ancien, me chatouille la truffe. Pas la peur. Pas la colère. Non, l'odeur de la sorcière… Je l'ai déjà sentie. C'est celle des rats crevés que je découvre de temps en temps dans le parc, derrière les poubelles. C'est celle de la mort.

3

Ce clébard est un psychopathe

Madeleine

Cette Lola est bien mignonne, mais elle n'a pas inventé la poudre ! Quelle idée de vouloir saccager ma maison avec ces horribles décorations clignotantes aux couleurs criardes, parfaitement de mauvais goût... Elle pense peut-être que je suis sénile et que je vais me remettre à croire au père Noël ? Non, mais oh ! Faut pas charrier ! Le père Noël, c'est comme le petit Jésus, il y a bien longtemps que je les ai rangés dans le même tiroir que la petite souris et les cloches de Pâques. Il n'y a rien de magique dans la vie, il serait temps qu'elle le comprenne. Et ce n'est pas en affublant son salon de deux boules et trois guirlandes qu'elle verra des étoiles et encore moins le loup. Et je ne parle pas du grand méchant loup, si vous voyez ce que je veux dire...

Quel homme à peu près cortiqué accepterait de construire une histoire d'amour avec une femme plus toute jeune, qui travaille dans un magasin d'articles de sport, qui sent le chien mouillé et qui doit, en plus, se coltiner une demi-douzaine de virées urinaires par jour ? Elle ne met vraiment pas les chances de son côté, la petite. Mais je ne lui en veux pas. Elle fait ce qu'elle peut avec les moyens du bord, la pauvre. Et je dois reconnaître qu'elle est plutôt serviable. Elle me fait des courses, me ramène mon programme télé et c'est elle qui a appelé les secours quand Charles est tombé de l'escabeau il y a deux ans. Faudrait juste qu'elle arrête de me considérer comme une gamine impotente et sénile et qu'elle se mêle un peu moins de ma vie privée.

J'allume le plafonnier de la salle à manger. Charles me sourit à travers la vitre du cadre. Je lui décoche un petit sourire, mais son regard azur prend une expression orageuse que je ne connais que trop bien.

— Oh, ça va, hein, ce n'est pas la peine de me faire des reproches, Charly. Je sais ce que tu penses, que je n'ai pas été très aimable avec la petite. À quoi bon ? De toute façon, je vois bien qu'elle n'en a rien à faire de moi. Elle est juste polie, pour la forme. Je préfère économiser ma salive et mes illusions. Et puis, elle aime bien que je lui parle comme ça, d'abord, paraît que je lui fais penser à sa grand-mère, tu comprends. Et puis, je n'ai rien dit de méchant contre elle, après tout. Juste contre son sale cabot. Il est encore plus laid de près. On dirait une saucisse de Morteau affublée de quatre pattes maigrichonnes et d'un moignon de queue. Ça ne mérite même pas le nom de chien, si tu veux mon avis. Ah ça, il n'a rien à voir avec notre Gontran ! Lui, c'était un vrai chien, un Berger allemand pure race, un animal qui avait de la gueule, contrairement à cette espèce de peluche pour enfants ou pour femmes en mal d'affection. Et tu ne devineras jamais son nom, au clébard ! Morrito ! C'est d'un ridicule… Et ça ne veut rien dire, en plus. Ce doit être de l'italien ou du japonais.

Charles ne moufte pas. Je crois bien que je lui ai rabattu le caquet pour une fois. Depuis qu'il est mort, cela dit, nous nous disputons moins souvent. C'est toujours ça de gagné.

Je me sers un bol de potage et une tranche de jambon en regardant la pluie barbouiller mes vitres. Mais… quelque chose cloche. Je me sens observée. C'est sûr qu'avec mes volets ouverts, n'importe qui peut regarder chez moi à son aise. Manquerait plus que je me fasse attaquer, tiens. Je m'approche de la fenêtre et scrute la rue plongée dans la nuit noire. Personne. Mais de l'autre côté, dans la maison d'en face, celle de Lola, j'aperçois deux yeux noirs qui me fixent à travers les gouttes. Ceux de ce sale clébard, debout sur ses pattes arrière. Qu'est-ce qu'il me veut, celui-là ? Pourquoi me regarde-t-il comme ça ? Il n'est sûrement pas très net. Je l'ai compris dès qu'il est descendu de la voiture bleue. Il n'a pas mieux à faire ? Certes, les possibilités sont relativement limitées pour un chien, surtout quand on a, comme lui, un cerveau aussi riquiqui, mais il pourrait faire un effort. Derrière lui, je vois Lola allongée sur son canapé, apparemment accaparée par ce qui se passe sur son ordinateur portable. Mon petit doigt me dit qu'elle consulte un site olé olé. Pauvre fille… Et cet idiot de chien qui continue à me dévisager. Je lui tire la langue, ça lui apprendra à jouer au voyeur.

Au moment où je m'assieds dans mon rocking-chair avec ma pelote de laine et mes aiguilles, la sonnerie du téléphone se met à me vriller les tympans. Faudrait que Lola me montre comment régler ça. Même si ça n'est plus très important, finalement. Je ne me lève pas pour répondre. Je sais qui appelle, je reconnais cette sonnerie irritante.

C'est Paul, mon fils. Enfin… Je dis que c'est mon fils, mais parfois, je me suis demandé si la maternité n'avait pas fait une erreur. Il est tellement différent de son père et de moi que le doute a toujours plané dans un coin de ma tête. À sa naissance, il ressemblait davantage à un petit singe qu'à un nourrisson – trapu, les épaules larges, les cheveux noirs comme la nuit, alors que nous étions tous deux blonds et élancés. Mais au fond, ce ne sont pas ces différences physiques qui m'ont le plus troublée. C'est son tempérament. Paul est… d'une rigueur impressionnante. Organisé, méthodique, pragmatique, parfois à l'excès. Avec son père, on le surnommait gentiment « le cyborg » quand il n'était pas là. Il nous semblait tellement à l'opposé de nos élans, de notre spontanéité, de cette chaleur que nous mettions dans nos gestes, dans nos mots. Moi, je ne dissimule aucune émotion même si je dois bien reconnaître que la colère est celle que j'exprime le mieux.

Lui, on aurait dit qu'il avait rangé son cœur dans un coffre et qu'il avait perdu la clé.

Une part de moi s'en veut de penser de telles choses. Même si son comportement nous échappait la plupart du temps, nous l'avons aimé, ce garçon. Bien sûr que nous l'avons aimé et je l'aime toujours. C'est peut-être pour cela que ce qu'il m'a fait me blesse autant. Me traiter ainsi… Comme si je n'étais plus capable de penser, de choisir, de vivre comme je l'entends. Comme si j'étais devenue un poids mort. Au moins, Charles n'aura pas enduré cette situation. Je crois qu'il aurait été profondément peiné, lui aussi. Pas en colère, non. Mais triste, terriblement triste. Paul fait certainement ce qu'il croit être juste. Mais moi, ça me reste en travers de la gorge. Alors, je préfère éviter de lui parler parce qu'après, ça me file des aigreurs d'estomac. Paul a peut-être des actions chez Gaviscon.

Et voilà, j'ai raté une rangée. Rien que de parler de lui, ça me perturbe et je me trompe dans les comptes. Je pose mes aiguilles à tricoter sur mes genoux et m'efforce de défaire les dernières mailles. Je n'aurais pas dû prendre de la laine noire, ça me fait trop mal aux yeux. J'aurais mieux fait de choisir des pelotes bleu lavande, la couleur préférée de Charles. Celle de ses yeux qui prenaient une teinte mauve quand ils plongeaient dans les miens. Ce simple souvenir emballe mon vieux cœur et dépose une larme sur ma joue. Je lève les yeux vers le plafond pour faire redescendre ma tristesse.

Je pose à nouveau mon regard sur mon écharpe, mais il est intercepté par un détail qui me fige instantanément.

De l'autre côté de la rue, ce satané chien continue à m'observer avec son air louche. J'ai compris. Ce clébard est un psychopathe.

4

Tu te prends pour James Bond ?

Mojito

Depuis la fenêtre de sa maison, la vieille dame me jette des regards mauvais de temps à autre. J'ai compris. La sorcière est bel et bien une vraie sorcière. Comme celles qui faisaient peur à Lucas quand il était petit. Le genre de sorcière qui lance des sorts grâce à ses yeux perçants et ses doigts tordus. Il vaut mieux que je l'évite si je ne veux pas finir en chat de gouttière !

Cela fait deux heures qu'elle est là, assise dans un fauteuil à bascule, dodelinant d'avant en arrière, ses mains s'agitant sur des aiguilles à tricoter. Je ne sais pas pour qui elle tricote ce pull noir, mais elle semble pressée de le terminer. À moins que ce ne soit pas un pull, mais une cape de sorcière. Ou un linceul pour chien ?

Je n'ai jamais vu une personne aussi vieille. Elle doit avoir cent-soixante ans, environ. Est-ce pour cette raison qu'elle sent déjà la mort ? Faudra que je demande à Titus en rentrant. Titus, c'est le caniche de nos voisins, à Nice. Son maître Alfred était très vieux, lui aussi, et il a rendu l'âme entre les pattes de son chien. Peut-être sentait-il également cette odeur particulière ?

Quelque chose me turlupine quand même… Tout à l'heure, elle a tiré la langue, tout en me fixant. C'est ce que je fais quand j'ai soif ou trop chaud. Voulait-elle me faire passer un message, un appel à l'aide ? Serait-elle souffrante ? Ou assoiffée ? Peut-être n'a-t-elle plus d'eau chez elle ? Même les sorcières ont besoin d'eau…

J'aboie pour expliquer ma théorie à Lola en lui indiquant la maison de la vieille dame d'un mouvement de la patte.

— Qu'est-ce qui t'arrive, Mojito ? Qu'est-ce qui te prend d'aboyer comme ça ? me demande-t-elle, le regard vide.

Argh… Encore une qui ne comprend rien à ce que je dis. Il n'y a que Lucas qui me comprenne, enfin surtout quand je lui demande un biscuit.

— Chut, laisse-moi me concentrer… soupire-t-elle.

J'abandonne. De toute façon, l'ancêtre a fermé ses volets à présent. Je pose ma tête sur le genou de Lola et regarde son écran d'ordinateur qui n'affiche que des signes incompréhensibles, sans aucune image.

— Tu vois, je travaille sur ma formation. Et si tout se passe bien, dans quelques mois, je serai naturopathe. Je pourrais même ouvrir un cabinet, tu sais… Mais d'ici là, je dois encore bosser, gros toutou. Alors, ne t'avise pas de me pervertir avec ton regard qui dit « fais-moi des papouilles ! ». Compris ? Allez ouste ! ajoute-t-elle en reportant son attention sur son écran.

Le lendemain, Lola part travailler de bonne heure pour préparer l'inventaire de son magasin. Je n'ai aucune idée de ce que cela signifie, mais peu importe, j'ai du pain sur la planche. Je dois m'assurer que la sorcière est en sécurité. Même si elle me file les chocottes, je ne voudrais pas être accusé de non-assistance à personne en danger.

Les volets de son salon sont toujours fermés... Et ça ne me plaît pas. Mais alors, pas du tout !

Lola s'est mis en tête de me séquestrer dans la maison, soi-disant pour que j'y sois à l'abri. De qui ? De quoi ? Allez savoir... Elle semble oublier à qui elle a affaire, je ne suis pas le bleu de service. Pourtant, je dois trouver un moyen de m'exfiltrer. Toutes les fenêtres sont closes. Je pense bien à une autre solution, mais je ne me résous pas à l'utiliser. Non, un chien au service de Sa Majesté se doit de conserver dignité. Et si on me voyait, qu'est-ce qu'on dirait de moi, que je suis un chat manqué ? Bonjour la réputation ! Non, non, n'insistez pas, je ne passerai pas par là.

Dans la maison d'en face, toujours aucun signe de vie. C'est louche, je le sens à travers tous mes coussinets... Je dois intervenir le plus vite possible. Bon, OK, j'ai compris. Je vais devoir me sacrifier, comme tout agent secret britannique le ferait. Ah, je maudis ma conscience professionnelle, parfois... Je trottine jusqu'à la cuisine et m'arrête face à la porte qui mène au petit jardin de derrière. Une chatière a été installée par les précédents occupants. Vu sa taille, leur chat devait être particulièrement gros, mais sans doute pas aussi gros que moi. Et si je m'engouffrais dans cette ouverture et que j'y restais coincé ? J'aurai l'air d'un demi-rôti pris au piège et je ne pourrai même pas casser la croûte ce midi.

Allez, Mojito, sois téméraire ! Rappelle-toi que le ridicule ne tue pas. L'indifférence, peut-être. Alors, si je dois me coincer le popotin pour sauver une humaine en détresse, qu'il en soit ainsi. Je glisse une patte dans l'ouverture et la plaquette de plastique qui la recouvre se soulève. Ça va... J'envoie la deuxième et essaie de faire passer le reste de mon corps qui, comme je le supposais, est plus baraqué que celui du chat. Heureusement, j'ai toujours eu un sacré déhanché. Je me contorsionne, les oreilles plaquées contre mon crâne et, petit à petit, mon auguste postérieur parvient à s'insérer dans la fente. Victoire ! J'ai réussi ! Heureusement, personne ne m'a vu passer par là. Mon honneur est sauf.

— Yo, mec !

Je fais un bond de dix mètres au moins, saisi d'effroi. Sur un muret, un chat me regarde étrangement. En fait, un seul de ses gros yeux me regarde, tandis que l'autre observe Mars. C'est très troublant. Et ce n'est pas tout, son pelage rouquin est clairsemé et sa queue ressemble à un labyrinthe psychédélique. Je n'ai jamais vu cette race de ninja des rideaux, mais une chose est sûre, c'est la plus laide que j'ai rencontrée.

— Doux Jésus, tu m'as fait peur, le chat !

— Scuse, répond-il d'une voix grinçante. Tu crèches là ?

— Provisoirement. Et toi ?

— Non, mes darons sont en vacances et ils ont loué une piaule dans le quartier. Ils sont partis faire un tour, alors j'en profite pour visiter le coin, ajoute-t-il en sautant à terre, face à moi.

De près, son regard est encore plus déconcertant et je ne sais quel œil je dois fixer. Il s'approche en roulant des mécaniques. Il aurait pu m'impressionner s'il ne ressemblait pas autant à un yéti mutant.

— Je m'appelle Mojito, lui dis-je, histoire de dire quelque chose.

— Cool. Moi, c'est Maurice.

Oh my God ! Quelle est cette odeur pestilentielle et assurément toxique qui sort de sa gueule ? Ma tête se met à tourner et la nausée m'assaille. Je recule autant que possible, mais je me retrouve acculé contre la porte.

— Tu voulais faire un tour, Mojito ? Je peux venir zoner avec toi ?

— Sache que je ne zone pas, je laisse cela aux gueux à moustaches de ton espèce. Je suis actuellement en mission. D'ailleurs, tu m'excuseras, mais je n'ai pas le temps de parlementer.

— Une mission ? Trop cool ! J'adore les missions. C'est quoi comme genre de mission d'abord ?

— C'est top secret !

Il pouffe, tel un lama bigleux.

— Tu te prends pour James Bond ou quoi ? Allez, dis-moi, mec !

— Je n'ai pas le droit d'en discuter avec toi, c'est classé secret-défense. Pardonne-moi, mais… Tu as une drôle de façon de parler, Maurice. Tu viens d'une contrée reculée ?

— Ouais, je crèche loin d'ici, à six heures de bagnole. C'est Brandon, mon premier daron qui m'a appris à causer. Après, j'ai fréquenté un foyer pour chats pas très fréquentables, si tu vois ce que je veux dire.

— Bien sûr, rétorqué-je alors que je ne vois rien du tout.

— Ensuite, j'ai été adopté par ma nouvelle daronne, Marie-Louise[1]. Elle est carrément plus cool…

— Certainement. Bon, je dois y aller, Maurice. Le devoir m'appelle. Bye ! fais-je en m'éloignant aussi vite que possible de l'odeur de crevettes avariées. Ce serait un coup à devenir végan. Je cours vers la sortie en inspirant un maximum d'air pur jusqu'au portail. Mais celui-ci est fermé. Je suis coincé. Encore.

Maurice saute sur le pilier qui surplombe le portail.

1. Marie-Louise (et Maurice) sont les personnages de *Une vie plus belle que mes rêves*, Editions Eyrolles (2019).

Je remarque alors qu'un loquet métallique empêche ce maudit portail de s'ouvrir.

— T'as besoin d'aide, James Bond ? me demande-t-il, goguenard.

— Absolument pas, je…

— OK. Je me tire. Salut, mec.

Je pousse un soupir, résigné. Faut-il que je sois désespéré pour renier tous mes principes ?

— Non, attends, Maurice ! Bon, c'est d'accord, tu peux me suivre, mais tu dois rester hyper discret. Je crois que la sorcière n'aime pas les animaux.

— Une sorcière ? Genre une vraie sorcière avec un balai ? Trop bien ! Allez hop, t'es libre, racaille ! ricane-t-il en faisant sauter le verrou.

Je traverse la rue et me retrouve devant la clôture de la maison de Mamie Grinchette. Ma mission est claire : sauver Madeleine. Comment ? Je n'en sais rien. Mais je suis sûr d'une chose : il faut agir, et vite. Installé derrière la haie, museau au ras du sol, je prends mes repères. À l'affût, prêt à bondir à la moindre anomalie. Je longe le grillage recouvert de plantes grimpantes, en me demandant comment nous allons faire pour pénétrer dans la propriété. Maurice s'arrête dans son élan.

— Et voilà, c'est par ici, votre seigneurie ! m'annonce-t-il en me montrant une petite ouverture dans le grillage, dissimulée dans l'herbe.

Je comprends alors que je vais devoir encore me contorsionner pour passer de l'autre côté. Quelle vie de chien ! Maurice passe comme une anguille et m'encourage à le suivre en m'appelant « Petite patate ». De mieux en mieux ! Aucun respect pour mon rang…

— T'espères quoi, au juste ? miaule-t-il, l'air moqueur.

— M’infiltrer, observer, intervenir. Bref, sauver une vie. Un truc que tu ne peux pas comprendre, chaton.

— Chaton toi-même, roquet. Moi, je suis la discrétion incarnée.

Je roule des yeux. Si c’est ça, mon équipe d’élite, Madeleine est foutue.

Le dos de Maurice s’arc-boute, les poils hérissés et il avance sur la pointe de ses griffes le long du feuillage, comme s’il voulait passer inaperçu. C’est clairement raté. Il marche sur un drôle de bouton qui déclenche l’arrosage automatique. Un jet d’eau surgit, droit dans ma truffe. En pleine poire ! Je fais un bond en arrière, les oreilles basses. Dégoulinant de la tête aux pattes, je glisse sous la haie pendant que Maurice rit comme une hyène asthmatique.

— La discrétion incarnée, hein ? maugréé-je. T’es aussi discret qu’un moule à gaufres !

Au loin, Madeleine passe derrière la fenêtre, l’air soupçonneux. On reste figés comme deux statues mouillées. Finalement, elle disparaît sans donner l’alerte. Notre mission est un échec. Je suppose que même James a dû rater quelques opérations avant de devenir une légende. Maurice rampe sous le grillage et je le suis. Nous faisons le tour de la maison. Tous les volets sont fermés. Nous entendons alors du bruit dans le garage dont la porte est entrouverte. Nous nous fixons, interdits. Maurice semble hésiter. Quel pleutre !

Je me glisse sous la porte, suivi par Maurice. Ça sent la poussière, l’essence et le métal rouillé. Une ampoule nue vacille au plafond. Une fois que mes yeux se sont habitués à la luminosité faiblarde, je vois la sorcière au sommet d’un escabeau, en train d’accrocher une écharpe en laine à la plus haute poutre. Une boucle se balance à l’autre extrémité du lainage. Je comprends exactement ce dont il s'agit ! J'ai déjà vu ces choses-là dans les *Lucky Luke* que lisait Lucas. C'est une corde pour pendre des gens ! Mais qui veut-elle assassiner ? J'ai beau regarder, je ne vois aucun cowboy par ici.

Nous restons cachés dans l'obscurité et attendons que la malheureuse victime fasse son apparition. La sorcière s'assure que l'écharpe est bien attachée et descend de deux marches.

— Voilà, Charles, tout est prêt, dit-elle avec un petit rire sinistre.

Je ne sais pas à qui elle parle, il n'y a personne d'autre dans le garage. De toute façon, je n'arrive plus à réfléchir, mes pattes sont envahies par une colonie de fourmis rouges et mon cœur danse la lambada.

Qui veut-elle pendre ? Ce fameux Charles ? Ou elle-même ?

5

T'ES VRAIMENT PAS DOUÉ, PEPITO

MADELEINE

— Voilà, Charles, tout est prêt.

« Quelle merveilleuse idée, me répond-il ».

J'entends son sourire, je devine ses yeux rieurs, je sens sa main dans la mienne. Je descends prudemment l'escabeau, il ne s'agirait pas que je me casse la guibole et que mon fils adoré m'enferme dans un hôpital.

J'entends un couinement dans le coin sombre près de la porte et en m'approchant, j'aperçois quatre petites billes noires qui m'observent. Un cri s'échappe de mes lèvres, tandis que j'agrippe mon peignoir. L'une des bêtes cherche à passer sous la porte à bascule. Mais un autre animal rouquin se faufile avant elle et se retrouve coincé. Elle fait quelques pas dans ma direction et je reconnais alors le petit chien de ma voisine Lola.

— Mais qu'est-ce que tu fiches ici, toi ?

Le chien couine à nouveau, comme s'il essayait de me répondre. Il me rappelle ce bon vieux Gontran. Lui aussi, il donnait l'impression de vouloir nous parler. Sauf que lui, on le comprenait, pas comme cette saucisse de Morteau sur pattes.

— C'est quoi, ton nom, déjà ? Mosquito ?

Il baisse la tête, et je m'amuse à croire que je l'ai vexé. Bien fait ! Il n'aurait pas dû me faire peur, d'abord. Et puis qu'est-ce qui lui a pris de venir chez moi ? Pourquoi Lola l'a-t-elle laissé sortir ?

— Allez, Tornado, rentre chez toi !

Mais la saucisse ne bouge pas et se met à m'aboyer dessus.

— Non, mais dis donc ! C'est pas des manières, ça, de gueuler sur les gens quand on s'introduit chez eux. Allez, ouste, déguerpis, vaurien !

Il continue sa sérénade horripilante, se moquant éperdument de ce que je lui raconte. Complètement crétin, le jambonneau.

— OK, puisque tu ne me sembles pas très fute-fute, je vais te ramener chez toi. Comme si je n'avais que ça à faire… soupire-t-elle.

Je soulève la porte du garage et fais sortir le canidé demeuré. Dans la rue, je cherche du regard la voiture de Lola, en vain. Elle a dû partir travailler et ce maudit clébard s'est enfui. J'imagine qu'il doit se sentir perdu dans ce quartier tout nouveau pour lui. On n'a pas idée d'abandonner un chien chez une personne qu'il ne connaît pas, juste parce qu'on a envie de se la couler douce. Un chien, c'est une responsabilité et on n'en fait pas ce qu'on veut !

Je m'assieds sur un tabouret, celui sur lequel Charles montait pour attraper les décorations de Noël, en me demandant comment je vais pouvoir me débarrasser de cet intrus jusqu'au retour de sa maîtresse. Le petit boudin trottine jusqu'à moi, pose ses pattes avant sur mes genoux et me lance un regard attendri. Comme le faisait Gontran.

Un sourire m'échappe, mais je l'avale tout aussi vite en le voyant sortir sa langue baveuse.

— Ah non ! Tu vas baver sur ma robe, Polochon ! C'est dégoûtant… Mais tu dois avoir soif, pas vrai ? Allez, viens dans la cuisine. Je te donne à boire et ensuite tu décampes, c'est bien compris ?

Dans le meuble sous l'évier, je retrouve l'écuelle de Gontran et je la remplis d'eau du robinet. Le chien se jette dessus comme s'il n'avait pas bu depuis des lustres. Pauvre bête… Je crains que Lola ne sache pas vraiment s'occuper de lui. Faudra que je lui en touche un mot.

En attendant qu'il ait fini de boire, je me sers un café que je vais siroter dans mon rocking-chair, face à la fenêtre. C'était le siège de Charles, là où il s'asseyait toujours pour regarder la télé ou faire ses mots croisés. Il avait choisi l'emplacement idéal avec précision : bien en face du téléviseur, dans un angle qui lui permettait de voir à la fois la cime des arbres et les enfants jouer au ballon dans la rue. Il ne fallait le déplacer sous aucun prétexte. La femme de ménage qui venait toutes les semaines le savait bien et elle devait retirer la poussière à l'aide d'une balayette qu'elle passait précautionneusement autour des pieds, à quatre pattes. Je me suis souvent demandé si Charles n'avait pas tout manigancé juste pour avoir le plaisir de reluquer les fesses de Maria. Je reconnais que les miennes, de fesses, étaient devenues beaucoup moins appétissantes que les siennes. Alors, si ça pouvait l'émoustiller, mon Charly, et réveiller son petit oiseau, ça ne me dérangeait pas plus que ça, finalement…

J'entends les pattes de Tropico gratter le carrelage et s'approcher de moi. Je devrais le mettre à la porte, mais ce ne serait pas très charitable de ma part, d'autant qu'il commence à pleuvoir. Et puis, s'il se faisait renverser par une voiture comme mon pauvre vieux Gontran, je ne me le pardonnerais pas et je ne veux pas avoir sa mort sur le cœur. Il essaie de se hisser sur le fauteuil défoncé de feu mon chien, mais avec ses pattes de fourmis, il pédale dans le vide et manque de tomber.

— Tu n'es vraiment pas doué, Mephisto, lui dis-je en donnant une petite tape sur son popotin pour l'aider à grimper.

Le chien renifle le tissu déchiré par endroits, le coussin en velours défraîchi, la mousse qui dépasse et semble apprécier l'odeur. Il se redresse et pose ses pattes sur le buffet accolé au fauteuil. Il semble observer les photos encadrées qui y sont disposées. Cela fait bien longtemps que je n'y avais plus prêté attention. D'ailleurs, les cadres sont recouverts d'une fine pellicule de poussière, depuis que Maria est partie.

Il passe tous les portraits en revue, toutes ces photos qui témoignent d'un autre temps, d'une autre vie. D'une vie bien plus heureuse.

Je me redresse pour les voir de plus près. Si seulement je pouvais revenir en arrière, rentrer à l'intérieur de ces cadres, m'insérer dans ce passé qui n'existe plus... J'attrape celui de Nadine et passe un doigt sur le verre pour disperser la poussière. Je souris devant ses tresses blondes et son sourire édenté.

— Regarde, Pepito elle, c'est Nadine, ma fille. Elle avait cinq ans à l'époque et nous étions en vacances dans le sud de la France, près d'Avignon. C'était une petite fille adorable, tu sais, et elle t'aurait beaucoup aimé. Elle aimait tous les animaux, même les plus moches. Elle nous en a rapporté des hérissons à moitié morts, des oiseaux estropiés, des chats blessés, et même des mulots manchots.

Elle avait décidé de suivre des études de vétérinaire. Mais elle ne les a jamais terminées. Ma pauvre petite…

Ma voix se casse. Le toutou tourne la tête vers moi en m'entendant renifler. On ne peut rien lui cacher, à celui-ci.

— Et là, ce sont mes parents : Auguste et Léonie. Ils sont nés au début du siècle dernier, tu te rends compte ? Ils ont connu les deux guerres, la petite et la grande. Mais mon père n'a jamais vu la fin de la deuxième. Il est mort au combat dans les Ardennes. Mort en héros, comme nous l'a rapporté son chef de régiment. Je l'ai raconté à toutes mes amies, surtout à celles qui avaient eu la chance de revoir leur père vivant. Ma mère s'est vite remise de son deuil. Elle s'est fait consoler par Hans, un soldat allemand, avec qui elle s'est enfuie dans son pays avant la fin de la guerre, en me confiant à ma tante Thérèse. C'était une vieille fille qui n'avait jamais eu d'amoureux et encore moins d'enfants, heureusement pour eux. Cette femme était née sans cœur et sans âme. Elle ne tolérait pas que je pleure les disparitions successives de mon père et de ma mère… Une sorcière, si tu veux mon avis !

Le chien m'observe attentivement et hausse un sourcil, ou ce qui en fait office.

- Lui, c'était mon Charly, mon mari. On se connaissait depuis toujours, tous les deux. On a même été scolarisés dans la même école, lui dans l'aile réservée aux garçons et moi, dans celle des filles, évidemment. Mais on se croisait de temps en temps, pour les fêtes de fin d'année, ou à la remise des bulletins de notes. C'est lui qui me l'a révélé, parce que moi, je n'avais pas réellement de souvenirs de lui. Il faut dire qu'il était plus jeune que moi et qu'en plus, les garçons ne m'intéressaient pas vraiment à cette époque. Je me suis rattrapée plus tard, si tu vois ce que je veux dire… Dès que j'ai pu échapper aux griffes de Thérèse, j'ai pris le train pour Paris et j'ai cherché du travail. Comme j'avais appris à coudre, j'ai été embauchée dans une maison de haute couture qui mettait à la disposition des jeunes filles une chambre au-dessus de l'atelier. C'était l'époque de l'après-guerre et suite à des années de privation et de tristesse, je voulais profiter de la vie. Tu ne vas pas le croire, Paquito, mais j'étais plutôt jolie, alors, et j'étais souvent courtisée. Des hommes distingués m'invitaient dans de beaux restaurants, ils m'offraient des bas et des foulards en soie, ils me donnaient rendez-vous au cinéma. J'ai vécu ces années comme un tourbillon de vie, une renaissance. J'ai été amoureuse plusieurs fois, mais je n'ai jamais vraiment aimé, avant Charles.

Je souris malgré moi et le chien me lance un regard doux. Ma main s'égare sur son pelage.

— C'est lui qui est venu à Paris pour me retrouver, car depuis tout petit, il me vouait une passion romantique, comme il me l'a appris bien plus tard. Il m'a cherchée pendant des semaines, avec le peu d'indices dont il disposait. Je n'avais dit à personne où je me trouvais. Un soir, alors que les autres filles étaient déjà rentrées chez elles, je suis sortie de l'atelier, après avoir tout rangé et nettoyé. Je marchais dans la nuit quand j'ai senti quelqu'un derrière moi. J'ai accéléré l'allure. Soudain, j'ai senti qu'on me tapotait l'épaule. J'ai poussé un grand cri, pensant ma dernière heure arrivée, et je me suis retournée. Là, j'ai crié à nouveau en découvrant l'énorme bouquet de roses rouges à quelques centimètres de mon visage. Derrière, il y avait un homme, grand, carré, les cheveux ondulés disciplinés par de la gomina, un costume trois-pièces et des souliers en cuir. Un homme que je ne connaissais pas. Mais ses yeux, je les avais déjà vus quelque part. Deux grands yeux vairons verts et gris, avec un air rieur qui ne les quittait jamais. Je lui ai demandé qui il était et il m'a répondu « C'est moi, Charles Leclerc. De l'école Sainte Jeanne d'Arc. Tu te souviens de moi ? » Je ne me souvenais pas vraiment, mais j'ai répondu « *Oui, bien sûr* », car je ne voulais en aucun cas voiler un sourire aussi radieux. Nous nous sommes aimés, nous nous sommes mariés, nous avons eu des enfants et… Il est parti.

Risotto se blottit contre moi, percevant certainement mon émotion. Force m'est de constater que ce contact me réconforte. Cela fait bien longtemps que je n'ai pas ressenti d'affection, alors même si elle vient d'un chien saucisse, je l'accepte volontiers. Il tourne son museau vers moi et me lance un regard à faire fondre un Esquimau. Puis il me lèche le dos de la main. Ça me répugne, mais je ne le chasse pas. Même mal emballée, la tendresse reste un trésor quand elle est sincère. Au bout d'un moment, il se redresse vers la dernière photo.

— Oh, elle, c'est Odette. Une vieille amie. On se connaît depuis… Et même plus que ça ! On a été voisines pendant des années et on a fait les quatre-cents coups, toutes les deux. On en a passé des soirées à se raconter des bêtises dans la cour des Jardins d'Éden, avec son Elvis sur le dos. C'était mon amie. Nous nous voyions tous les jours avant, et on s'est perdues de vue. C'est l'histoire de ma vie. Tous ceux que j'ai aimés sont désormais sortis de mon existence.

Je ne peux retenir une larme qui se fraye un chemin entre les lignes parcheminant mon visage. Le toutou semble aussi triste que moi.

— Mais la bonne nouvelle, Amigo, c'est que je vais bientôt les rejoindre !

6

Je ne suis pas un baltringue

Mojito

Madeleine (c'est le vrai nom de la sorcière) m'a reconduit chez moi dès qu'elle a vu Lola se garer dans la rue. Elle lui a dit que c'était inadmissible, qu'elle ne tolérerait plus que je m'incruste dans sa propriété privée et que si cette situation inqualifiable avait le malheur de se répéter, elle appellerait la fourrière animale. Lola s'est confondue en excuses, a répété dix fois qu'elle ne comprenait pas comment j'avais pu sortir de la maison et a promis que ça ne se reproduirait plus. Je ne savais plus où me mettre pour échapper au regard réprobateur de Madeleine et à celui, mortifié, de Lola. J'avais beau leur faire le coup du « tout beau, tout mignon », elles étaient aussi incorruptibles l'une que l'autre.

Madeleine s'est alors retournée pour partir, tandis que Lola ramassait son courrier dans la boîte aux lettres. Au moment d'ouvrir son portail, la mamie m'a adressé un clin d'œil. J'incline la tête, les oreilles dressées. Je ne sais comment je dois interpréter ces gestes. Est-ce un avertissement ? Une blague ? Aucune idée ! Les humains sont vraiment très étranges. Nous, quand nous ne sommes pas contents, nous montrons les dents et quand nous le sommes, nous remuons la queue ! C'est limpide, clair, efficace. Je ne comprends pas que les hommes ne cherchent pas à nous imiter.

— Mojito ! Je ne suis pas contente du tout ! Pourquoi t'es-tu enfui ? me sermonne Lola en me faisant de gros yeux.

Je m'approche pour lui lécher la main (ça marche à tous les coups, normalement), mais elle recule.

— Non, mon petit bonhomme, tu ne m'auras pas aussi facilement. C'est très mal ce que tu as fait ! Imagine que tu te sois fait écraser ! s'exclame-t-elle, les larmes aux yeux. Qu'est-ce que j'aurais dit à Estelle ?

Son téléphone portable sonne dans son sac à main. Elle décroche, en s'essuyant le nez.

— Oh, Estelle ! Je parlais justement de toi avec Mojito, figure-toi ! Ouiii, il va très bien, c'est un amouuuur ! ajoute-t-elle en s'éloignant dans le jardin.

Quand je vous disais que les humains sont bizarres ! Ils changent d'avis aussi souvent que je pète…

Sur le mur de clôture, caché derrière un arbre, je remarque deux yeux présentant un strabisme affligeant et une langue pendante.

— Maurice ! Je te vois ! Qu'est-ce que tu fiches ici ? Tu m'espionnais ? Serais-tu un agent double ?

— Ça va, cool mon pote ! Je passais par là, c'est tout. Je voulais être sûr que la sorcière ne t'avait pas pendu dans le garage, affirme-t-il dans un haussement d'épaules félines.

— Ah oui ? Tu n'avais pas l'air inquiet quand tu as pris la fuite comme un lâche…

— D'abord, je ne me suis pas enfui, je suis allé chercher de l'aide. Mais j'en ai pas trouvé… Et puis, je devais rentrer à l'heure pour manger.

— Voyez-vous ça… Tu te la joues gros dur, mais en fait, tu n'es qu'un chat de salon !

— C'est bon, t'es relou, là. Alors, raconte, comment ça s'est passé ? Elle a pendu un mec ? me demande-t-il, la queue en point d'interrogation.

— Mais non, stupide idiot, c'est elle qui veut se prendre, pour rejoindre tous ceux qu'elle a aimés et qui sont morts.

— Sérieux ? me demande-t-il avec une pointe d'inquiétude dans la voix.

— Parfaitement, et je pense qu'elle ne va pas tarder. Elle pleure comme un pommeau de douche et elle se sent seule. Il faut l'en empêcher !

— Qu'est-ce que tu veux faire ?

— Je ne sais pas encore, mais je vais trouver un moyen. Et tu vas m'aider !

— Moi ? T'es un grand malade, mec ! Au cas où tu n'aurais pas remarqué, je suis un chat, un minou, un sac à puces. Et toi, t'es qu'un clebs, un baveux de compétition, un chien-chien à sa mémère ! On ne peut rien faire ! Qu'est-ce que tu crois ? Qu'on va pouvoir la raisonner ? Qu'on va lui dire « *taratata, le suicide, c'est mal, la vie est belle, après la pluie vient le beau temps !* » ? Atterris, mon frère !

— Cela m'est égal. Je ne vais pas la regarder mettre un terme à son existence sans lever la moindre patte. J'agirai, avec ou sans toi ! Ah, ces chats, tous des mauviettes…

— Je suis lucide, mec, c'est tout. Mais bon, je ne suis pas un baltringue. Et puis sans moi, tu n'arriverais même pas à sortir de chez toi, alors… C'est quoi ton plan ?

— Je crois que nous devrions nous faire aider par des humains, parce que même si ça me coûte de l'admettre, tu as raison, notre marge de manœuvre est limitée. Je pourrais inciter Lola à aller lui rendre visite plus souvent, mais je ne suis pas sûr que Madeleine l'écouterait…

— Qui d'autre, alors ?

— Si j'ai bien compris, ses parents, sa fille et son mari sont morts. Mais elle m'a parlé d'une ancienne amie qu'elle aurait perdue de vue. Tu sais ce que ça veut dire ?

— Qu'elle est devenue aveugle. Pauvre femme…

— N'importe quoi ! Elle voit aussi bien que nous… Peut-être qu'elle l'a simplement perdue, comme moi quand je perds mon Babouche. Elle ne sait plus où elle est. Il faut qu'on la retrouve pour elle !

— Mais comment ?

— Madeleine m'a dit qu'elle s'appelait Odette et qu'elles discutaient souvent aux Jardins d'Éden, avec un certain Elvis.

— Ah, ça y est, j'ai compris ! Odette a clamsé.

— Elle a quoi ?

— Elle est morte, dead, zigouillée, quoi !

— Juste ciel ! Pourquoi dis-tu ça ?

— Non, mais allô, quoi ? T'es un agent secret et t'as pas de neurones ? Les Jardins d'Éden, c'est le nom du paradis, mon vieux ! Et Elvis, le chanteur, il a trépassé depuis longtemps. Si Madeleine veut les retrouver, elle sera obligée de passer l'arme à gauche.

— Damned…

— Mojito ! Allez, rentre à la maison, il fait froid, me crie Lola.

— Allez, Momo, rentre ou tu vas attraper un vilain rhume, ricane Maurice en se léchant les bijoux de famille.

****

Ce soir, je n'ai pas envie de manger, ni même de me faire gratouiller le bidon. Ce soir, je suis triste. Je m'imagine à la place de Madeleine, tout seul, loin de ceux que j'aime, sans personne pour s'occuper de moi, pour me sourire, pour me papouiller. Comme l'existence doit sembler vide et terne… Je comprends qu'elle ait envie de les rejoindre. On dit qu'il faut savoir être seul, en paix avec soi-même. Mais ceux qui disent ça ont toujours quelqu'un qui les attend quelque part. Moi, je réagirais sans doute comme Madeleine si j'étais confronté à la même situation. Même si ma famille me manque, je ne peux nier que Lola s'occupe plutôt bien de moi et qu'elle sait choisir de la viande de qualité. Et puis, quand je vois la boîte de décorations de Noël que Lola a posée sur la table basse et avec lesquelles je vais pouvoir jouer, et ma peluche Babouche qui m'a si souvent réconforté les soirs d'orage, je me dis que la vie est belle et que Madeleine pourrait encore y trouver du plaisir, quoi qu'en pense ce poltron de Maurice.

Mais comment puis-je le faire comprendre à Madeleine ? Je n'en ai pas la moindre idée, d'autant que maintenant, je vais avoir encore plus de mal à sortir d'ici. Tout est fichu !

Le lendemain matin, Lola a décidé de m'emmener chez le coiffeur pour éviter que je ne fasse « des bêtises », comme elle dit. L'idée ne me réjouit pas vraiment, mais elle m'a promis de m'acheter des saucisses si je me tenais tranquille. De toute façon, je n'ai rien de mieux à faire, vu que je suis prisonnier désormais… Quand nous arrivons au salon, un mélange de parfums assaille mes narines délicates et pique mes yeux. Lola explique à la coiffeuse tout ce qu'elle souhaite : couleur, coupe, brushing. Je comprends que ça va être long (j'ai de l'expérience avec

Estelle) et que je vais m'ennuyer comme un rat mort. Il ne me reste plus qu'à me coller à la vitre et à regarder les passants passer, en espérant qu'une charmante demoiselle ait la bonne idée de venir par ici. J'entends des femmes bavarder entre elles, mais je ne les écoute pas. Elles se mettent à pousser des « *Oooooh* » attendris. Je suppose que c'est moi qui déclenche cette réaction, je suis coutumier du fait, vous savez. Au moment où je me retourne pour les gratifier d'un regard, je me retrouve nez à nez avec… Un renne du père Noël ! Pas un vrai renne, rassurez-vous, mais un sosie miniature : un chow-chow affublé d'un manteau en fourrure, de petits chaussons en forme de sabots et de bois rouge et vert qui clignotent par intermittence au-dessus de sa tête. J'essaie de garder mon sérieux, j'inspire tout en détournant le regard, mais rien n'y fait, j'éclate de rire.

— Je suis désolé, dis-je au renne, mais vraiment, tu es trop drôle.

— Ne m'en parle pas. Tout le monde se fiche de moi depuis trois jours. Je n'en peux plus ! Ce costume est d'un ridicule… Et je dois le porter encore pendant quinze jours, tu imagines ?

— Oh my godness ! Mon pauvre, je te plains. C'est ta maîtresse qui t'oblige à porter ça ?

— Ouais, c'est son délire, elle adore ça ! Et le pire, c'est qu'elle me refait le coup à chaque événement… À Halloween, je suis déguisé en citrouille, à Pâques en cloche, et l'été, elle me colle un sombrero et un pagne hawaïen.

J'éclate à nouveau de rire en l'imaginant dans ces tenues délirantes.

— Ma maîtresse m'appelle « Mon petit chou » en public, mais je dois reconnaître que ce n'est rien, à côté de toi. Au fait, je m'appelle Mojito, dis-je en lui reniflant l'arrière-train, histoire de savoir à qui j'ai affaire.

Autour de nous, le bruit des sèche-cheveux me déchire les tympans, mais je me force à ne pas mettre mes pattes sur mes oreilles pour ne pas perdre la face.

— Moi, c'est Charles-Edouard. Mais tu peux m'appeler Charles-Eudes, ça va plus vite.

— Hahaha ! Non, allez, sérieusement ?

— Je suis très sérieux et je n'ai aucun sens de l'humour, lâche-t-il en reniflant avec un air suffisant.

Je me lèche la patte pour m'empêcher de rire à nouveau. En vain. Je m'excuse une fois encore auprès de ce pauvre Charles-Eudes.

— Ne t'en fais pas, j'ai l'habitude. Je me fais chambrer tous les jours par les copains, au jardin.

— Au jardin ? Quel jardin ?

— Aux Jardins d'Éden. C'est le nom de la résidence où j'habite, m'explique-t-il en mordillant un morceau de son costume.

— Tu... Tu habites au paradis ?

Un coin de sa babine se retrousse.

— Je n'irais pas jusque-là... La résidence est chouette, mais elle mériterait un sacré ravalement.

— Ah, alors ça existe vraiment ? Dis, connaîtrais-tu par hasard un certain Elvis ?

— Ne m'en parle pas, je le connais trop bien ! Il me casse les oreilles à longueur de temps, grogne-t-il en levant les yeux au ciel.

Je me redresse sur mes pattes et frétille d'excitation.

— C'est un chanteur, c'est ça ?

— Si c'était le cas, il ne vendrait pas un disque, il chante comme une casserole. Non, il crie, il braille, il s'égosille, je n'en peux plus !

— Il est donc bien vivant ! C'est le mari d'Odette, n'est-ce pas ? lui demandé-je les yeux écarquillés.

C'est à lui de se moquer de moi, à présent.

— Non, Elvis n'est pas le mari d'Odette. C'est son perroquet !

7

Vas-y, crache ton venin !

Madeleine

Depuis trois jours, j'aperçois le petit Pépito le museau collé à la baie vitrée de la maison de Lola. Pauvre chien… Il passe ses journées tout seul dans cette petite cahute, il doit trouver le temps drôlement long. Au moins, quand je l'ai gardé chez moi, il a pu jouer avec les jouets de Gontran, il a mangé des morceaux de poulet mélangés avec des petits pois et des couennes de jambon, et je lui ai même caressé la tête, par inadvertance. N'allez pas imaginer que je m'attache à cet ersatz de chien… C'est juste qu'il me rappelle le mien et que ça me donne l'impression d'avoir de la compagnie, voilà tout. J'aurais pu proposer à Lola de le lui garder la journée, mais avec tout le cinéma que je lui ai fait l'autre jour, elle me prendrait pour une girouette. Déjà que tout le quartier me prend pour une vieille folle…

En plus, ce satané chien m'a donné envie de me replonger dans mes albums photos. Tu parles d'une mauvaise idée. Je pleure depuis deux heures… Et je n'ai plus de mouchoirs propres. Raviver tous ces souvenirs me déchire le cœur et le réchauffe en même temps. Les gens ont raison : je ne suis qu'une vieille folle. Et si la vraie folie, c'était plutôt de ne rien ressentir ?

Je passe rapidement sur celles de notre mariage qui reflète un amour certes sincère, mais d'une certaine façon, évident. Quand on se marie, généralement, on s'aime. À ce moment-là, les couples n'ont pas vraiment de problèmes, ils sont jeunes et insouciants et ne voient pas encore les nuages arriver. C'est quand ils sont là, ces nuages, que l'amour est moins évident, plus précieux, plus puissant et authentique. J'ai pu mesurer celui de Charles sous un ciel rempli de larmes. Nadine avait deux ans et l'envie d'un deuxième enfant s'était emparée de nous. Je suis tombée enceinte rapidement et Charles était comblé. Pour ma part, j'étais davantage sur la réserve. Je ressentais déjà tous les signes de la grossesse : lourdeur dans les seins, nausées matinales et fatigue. Mais quelque chose en moi, une vilaine petite voix, me murmurait que je me faisais des illusions et que je ne devais pas m'attacher à ce futur bébé. Je m'efforçais de la faire taire, en imaginant déjà le prochain Noël que nous célébrerions avec nos deux enfants devant le sapin. Je voyais déjà Nadine câliner son petit frère (nous étions certains que ce serait un garçon) et lui apprendre à faire du vélo.

Jusqu'au jour où une grande tache de sang dans mon lit m'a fait comprendre que la petite voix avait raison : mes rêves n'étaient que chimères et ce futur bébé ne viendrait pas au monde. Une fausse couche. C'est le mot qu'a employé mon médecin de famille. Quel horrible mot ! Fausse, ça rime avec erreur, mensonge, trahison, échec. Ça rappelle aussi que la femme n'a pas été capable de jouer son rôle de mère. Il a ajouté « *que c'était banal et qu'une femme sur deux en faisait une* ». Dans sa bouche, j'ai entendu qu'il ne fallait pas en faire un fromage, et encore moins en être affectée. Que je n'avais pas le droit d'être triste, simplement pour « *ça* ». Plusieurs de mes amies et des femmes de ma famille avaient fait des fausses couches, même si à l'époque, on ne le criait pas sur les toits. On savait se tenir. Mais entre femmes, on sentait, on savait. Effectivement, ces femmes ne semblaient pas perturbées outre mesure et continuaient leur vie comme avant, comme si elles avaient été malades et s'en étaient remises. Et on n'en parlait plus. Affaire classée.

Alors pourquoi moi, je ressentais un tel déchirement dans mes tripes ? Pourquoi je pleurais sans arrêt en touchant mon ventre vide ? Pourquoi la perspective du prochain Noël m'arrachait des larmes de malheur ? C'était une fausse couche, mais une vraie douleur. Étais-je plus sensible que les autres ? Trop fragile, ou même instable ? Je n'en savais rien, mais je souffrais en silence, soucieuse de garder cette douleur pour moi.

Les hommes manifestaient encore moins d'émotions que les femmes, dans ces cas-là. « *Ah oui ? Bien, nous en ferons un autre. Qu'est-ce qu'on mange, ce soir ?* » Mais Charles n'était pas comme eux. Même si je ne pleurais jamais devant lui, même si je m'efforçais de rester souriante, lui, il savait que mon cœur saignait. Il a redoublé d'attentions envers moi, m'a dorlotée comme une enfant, a devancé mes besoins d'affection, de tendresse et de compréhension. Il m'invitait à lui ouvrir mon cœur et à lui offrir mes larmes dès que je me sentais en état de le faire. Il a compris que « *ça* » n'était pas rien, et m'a fait comprendre qu'en aucun cas « *ça* » ne représentait un échec, une erreur, une incapacité de ma part, mais juste un coup du sort, une épreuve de la vie que nous devions surmonter ensemble. J'ai su pendant ces jours nuageux que quoi qu'il nous arrive, grâce à « *ça* », nous nous aimerions jusqu'à notre dernier souffle. Et j'avais raison. Un an plus tard, je suis tombée enceinte à nouveau. D'un petit garçon. Mais je dois avouer qu'il n'a jamais remplacé « *Ça* ».

Mon Dieu ! J'en ai assez de pleurer comme une madeleine ! Regardez-moi, on dirait une chiffe molle ! Je me sers un café et regarde par la fenêtre, tout en tapotant le rebord de ma tasse de mon ongle pour rompre le silence oppressant de la pièce. De l'autre côté de la rue, Papagayo est assis derrière la baie vitrée striée de coulées de bave. La truffe aplatie, il me fixe comme s'il essayait de me faire passer un message, du genre « *Apporte-moi des gâteaux !* » Je sais bien que ce qu'il apprécie chez moi, ce sont mes friandises… Mais dans un élan de faiblesse pathétique, je lui fais un petit signe de la main.

Mon téléphone m'annonce un appel dont je ne connais pas le numéro. Généralement, je ne réponds pas aux coups de fil anonymes… Ce sont toujours des casse-bonbons qui essaient de refourguer des saletés dont personne n'a besoin. Mais c'est peut-être Lola qui cherche à savoir si son chien ne s'est pas encore fait la malle ? Je décroche.

— Maman ? Enfin tu me réponds !

Je pousse un soupir. Il m'a eue !

— Oui, Paul ! Je ne suis pas encore morte, ne t'en déplaise.

— Ne commence pas, s'il te plaît. Je t'ai appelée vingt fois ces derniers jours et tu n'as jamais répondu. J'étais inquiet, tu peux le comprendre, non ?

— Je peux le comprendre, mais je n'en crois pas un mot. Va faire croire ça à Salomé.

— Elle ne s'appelle pas Salomé, mais Samantha et d'ailleurs, elle t'embrasse.

— Comme c'est touchant ! Une gamine de vingt-cinq ans qui embrasse une vieille dame. On dirait une chanson de Mireille Mathieu, tiens.

— Maman, on avait un accord, tu te souviens ?

— Oui, je me souviens Paul, je ne suis pas complètement sénile, contrairement à ce que tu penses et que tu essaies de faire croire à tout le monde. Mais moi, je ne suis pas l'un de tes clients ou de tes salariés. Tu sais où je me le fiche, moi, ton accord ?

— Maman…

— D'ailleurs, il ne devrait y avoir aucun accord entre nous ! Je suis ta mère, je te le rappelle, et le seul accord que nous devrions avoir, c'est de nous souhaiter notre anniversaire une fois par an et basta ! Alors que Monsieur exige des choses de sa propre mère, des choses humiliantes, qui plus est. Tu te prends pour qui ? Pour Dieu ?

— Je connais ton refrain, maman, et je n'entrerai pas dans ton jeu. Nous étions convenus que tu resterais vivre chez toi, mais en contrepartie, que tu me téléphonerais deux fois par semaine pour que je sache comment tu te sens. Tu t'en souviens, n'est-ce pas ?

— Parfaitement. Et je me souviens surtout que tu m'as mise sous tutelle, comme si j'étais une débile profonde !

Je fais tout pour ne pas lui montrer mon émotion, mais c'est plus fort que moi, ma voix me trahit.

— Écoute, maman, ça ne peut pas continuer comme ça. Tu ne peux plus rester toute seule chez toi, c'est dangereux, d'autant qu'il y a plein d'escaliers et le gaz et… Tu pourrais être agressée… Bref, tout ça pour dire…

— Vas-y, crache ton venin, Paul.

— J'ai trouvé une maison merveilleuse dans laquelle tu pourras emménager avec certains de tes meubles, décorer à ta guise, échanger avec d'autres personnes, pratiquer des activités amusantes et stimulantes. En plus, tu n'auras plus à te préoccuper de faire les courses ou le ménage. C'est super, tu ne trouves pas ?

Super n'est pas le mot que j'ai en tête. Mais comment définir sans agressivité ce sentiment qui s'empare de moi à l'évocation de ces chambres pour vieux qui sentent l'urine et le désinfectant, ces infirmières qui vous parlent à la troisième personne en hurlant comme si vous étiez sourde, ces parties de belote soporifiques, ces heures interminables devant *Questions pour un champion*, cette soupe tiédasse et ces nuits d'insomnie interminables provoquées par les râles de tous ces grabataires en fin de vie ?

Devant mon manque de réaction, mon fils enchaîne.

— Ah, je sens que tu es sensible à mes arguments. C'est merveilleux ! Je me suis occupé de tout ! Ça s'appelle *La Maison des Lilas*. C'est joli, non ? Tu pourras emménager dès la semaine prochaine. Ça te convient ?

J'hésite entre lui raccrocher au nez ou céder pour le moment, histoire de gagner du temps…

— OK…

Il marque un temps et l'espace d'un instant, je me demande s'il n'est pas en train de faire un AVC.

— Tu es d'accord ? s'exclame-t-il, surpris. C'est fabuleux ! Je suis sûr que tu seras très heureuse, là-bas. Je demande aux déménageurs de venir vendredi pour emporter les meubles que tu souhaites garder, comme ton lit, ta table et un buffet… Et tu dormiras là-bas le soir même.

— Parfait.

Ma voix est aussi sèche que le Sahara, mais il ne relève pas.

— Tu ne peux pas savoir comme je suis soulagé que tu aies accepté. Je croyais que tu…

— Au revoir, Paul.

Et je raccroche sans lui laisser le temps de me répondre. Il ne le sait pas encore, mais c'est la dernière fois que nous nous parlons.

8

Pour le reste, j'ai Coin-coin, merci bien !

Lola

— François, tu es vraiment sympa, mais, comment dire… je n'ai pas très envie de me lancer dans une relation, en ce moment. J'ai plutôt envie de profiter de la vie, de m'amuser…

Je passe d'un pied sur l'autre, mal à l'aise. L'espace d'un instant, j'espère qu'il a compris le message, mais la lueur grivoise qui allume son regard m'indique que je surestime peut-être ses facultés cognitives.

— Mais on peut aussi s'amuser, si tu préfères ! s'exclame-t-il, avec un infime filet de bave au coin des lèvres.

Je pousse un soupir ostentatoire.

— Non, ce n'est pas ce que je voulais dire. Je préfère qu'on reste amis.

La phrase bateau, cliché à souhait, et que j'aurais aimé ne jamais prononcer. Mais il ne m'en a pas laissé le choix et je veux être sûre qu'il comprenne mon message, cette fois. François est l'un des quinze élèves de mon cours de naturopathie. Nous nous retrouvons trois jours par mois. Il est plutôt sympathique, mais je n'ai pas envie de l'envisager autrement que comme un camarade de cours. L'amour et moi, on n'est pas tellement faits pour s'entendre. Chaque fois que j'ai aimé une personne, elle est partie. Même ma chienne, cette bonne vieille Lulu, m'a laissée toute seule. Le seul homme que j'ai vraiment aimé, de toute mon âme, c'est Adam. Mais lui aussi m'a quittée. Même si, pour être honnête, c'est moi qui lui ai proposé de rompre, car je savais que tôt ou tard, la décision viendrait de lui. J'ai pris les devants pour éviter de trop souffrir, mais ça n'a pas marché, j'ai quand même été dévastée. J'ai plongé tête baissée dans une sacrée déprime. Je n'avais plus goût à rien, mais un profond dégoût de moi-même : je n'étais pas assez belle, pas assez mince, pas assez intelligente, pas assez indépendante, et en même temps, j'étais trop sensible, trop franche, trop cérébrale, trop quelconque. Je n'étais pas juste bien, juste moi. Je voulais garder mon mal-être secret, craignant d'entendre le mensonge de circonstance, celui qu'on réserve aux causes perdues et auquel personne ne croit : « Mais non, arrête de croire ça, t'es super ! » Pourtant, un jour, ma cousine Chloé, m'a percée à jour et a deviné que mon estime de moi avait chuté dans mes chaussettes. Elle m'a expliqué sa vision des choses : « Tout le monde juge tout le monde, l'être humain est fait comme ça, il a besoin de mettre des étiquettes sur tout ce qu'il voit. Il associe inconsciemment à chaque personne une émotion, un souvenir, une expérience issue de son passé pour se rassurer. Par exemple, si tu as les yeux bleus et que son ex-copine aux yeux bleus l'a largué pour son frère, l'autre te détestera *a priori*. Alors qu'en réalité, il ne sait rien de toi, il ne te connaît pas. On ne peut pas contrôler ce que les gens pensent ou disent de nous, alors j'ai appris à me lâcher la grappe avec ça. Si l'autre ne m'aime pas (très souvent pour des raisons qui le regardent lui !), c'est très bien, il passera son chemin. Je préfère être moi-même, apprendre progressivement à aimer celle que je suis, avec mes qualités et mes défauts, mes "trop" et mes "pas assez" pour attirer des personnes qui apprécieront l'être parfaitement imparfait que je suis. Et que nous sommes tous, d'ailleurs. » Quand je lui ai demandé si elle y parvenait tous les jours, elle m'a répondu qu'elle s'y employait chaque jour en tout cas. « C'est comme pour la course à pied. Au début, tu crois que tu n'y arriveras jamais, et puis, au fil des entraînements, tu sais que tu n'y arriveras jamais à 100 %, mais tu prends du plaisir à essayer. C'est toujours mieux que de s'infliger ce qu'on n'oserait même pas faire subir à son pire ennemi, tu ne crois pas ? ». Sa réflexion m'a permis de rallumer une lueur en moi, très faible au début et puis un peu plus intense avec le temps, même si on est encore très loin de la torche ! En attendant qu'elle le devienne, j'ai décidé de ne plus m'intéresser à l'amour et de privilégier les relations amicales. Pour le reste, j'ai Coin-coin, merci bien !

Avant François, d'autres ont tenté leur chance, et notamment Edmond. Edmond tenait le magasin de journaux qui servait également de boutique de souvenirs. Enfin… Boutique, c'était vite dit : trois rayons d'objets poussiéreux, des magnets « I ♥ Plage », des bouées en forme de homard et des cartes postales de 1987. Quand je suis entrée dans le magasin pour y acheter mon magazine de psychologie préféré, Edmond est tombé amoureux. Au début, c'était discret : un sourire timide, un bonjour un peu trop enjoué. Puis, les « cadeaux » ont commencé à pleuvoir. Un porte-clés en forme de dauphin, une casquette fluo brodée « Super Nana », un mug « Meilleure vacancière 2012 »… Un soir, il m'a même tendu un t-shirt rose XXL avec inscrit en lettres capitales : « Attrape-moi si tu peux ! ». À chaque fois, je bredouillais un « merci » gêné, sans oser lui avouer que je n'en voulais pas. Comment expliquer poliment à un homme de soixante-dix ans, au regard de cocker transi, que l'idée même de porter sa casquette me donnait de l'urticaire ? Un matin, alors que je passais devant sa boutique, il a couru après moi, brandissant une bouée en forme de flamant rose géant. « Pour votre piscine ! » a-t-il crié, tout essoufflé. Je n'avais pas de piscine. Je n'avais même pas de baignoire. Depuis, j'évite soigneusement de passer devant chez Edmond et c'est la factrice qui m'apporte mon *Psycho Mag*. Pas parce que je lui en veux (à Edmond, pas à la factrice, qui n'a rien à voir dans cette histoire), mais parce que je n'ai toujours pas trouvé comment lui dire « non » gentiment, sans lui briser son pauvre cœur tout usé. J'ai encore du chemin à faire…

Depuis toujours, l'intérêt des hommes est gratifiant, mais il a tendance à me mettre mal à l'aise. Je ne fais rien pour les attirer ni pour les laisser penser que je pourrais éventuellement être intéressée. J'en arrive à me demander si l'image que je dégage inconsciemment reflète bien mon état d'esprit…

Ce n'est pas le cas de Clara, une autre étudiante de notre groupe. Elle est très jolie, maman célibataire d'une fille de douze ans, dynamique, rigolote, elle a tout pour elle. Et pourtant, personne ne la drague ! Je ne comprends pas pourquoi. Ça ne semble pas la déranger le moins du monde. C'est ce qu'elle m'a avoué quand j'ai abordé la question avec elle, un soir après les cours.

— Je ne veux personne dans ma vie et je crois que les gens le sentent, voilà tout.

— Moi non plus, je n'en veux pas ! Alors pourquoi les gens ne le sentent pas avec moi ?

— Parce que toi, tu es solaire, Lola, tu attires les autres à toi, malgré toi.

— Solaire ?

— Mais oui ! Tu es radieuse, tu as toujours un mot gentil pour chacun, tu es toujours de bonne humeur, tu souris tout le temps… C'est ça qu'on appelle une personne solaire. Et tous les humains sont attirés par le soleil, voilà tout.

Voilà le genre de phrases que je redoutais d'entendre après ma rupture. Pourtant, ça n'a pas provoqué la réaction de rejet à laquelle je m'attendais. C'était même plutôt plaisant en définitive, et même troublant. Pourtant, j'ai botté en touche pour dissimuler mon malaise.

— Hum… En vérité, je ne suis pas toujours au mieux de ma forme, mais même quand ça ne va pas, je préfère sourire pour atténuer mes problèmes. C'est mon mode de défense à moi. Tu parles d'un soleil… ai-je ajouté en riant. En tout cas, c'est gentil de me dire tout ça !

— Je le pense sincèrement, Lola. C'est d'ailleurs cette facette de ta personnalité, à la fois lumineuse et nuancée, qui m'a plu. Les femmes se comprennent mieux, la communication est plus fluide entre elles, tu ne trouves pas ? m'a-t-elle demandé avec un sourire en coin.

— Oui, tu as raison. Ma meilleure amie habite loin de moi à présent et je dois avouer que nos conversations me manquent.

— Moi, je suis là et disponible à toute heure si tu en as besoin ! m'a-t-elle répondu en posant sa main sur mon avant-bras.

— C'est adorable, Clara. Merci, ça me touche !

— Je te laisse mon numéro de portable. N'hésite pas à m'appeler, si tu veux qu'on aille boire un verre un soir.

Clara m'a serrée dans ses bras et m'a fait un bisou sur la joue. Je n'ai pas l'habitude des câlins et des embrassades, mais je dois avouer que cette étreinte amicale et sans arrière-pensée m'a fait du bien. J'étais heureuse d'avoir trouvé une nouvelle amie.

9

ELVIS VA MOURIIIIR !

MOJITO

Il y a urgence ! Madeleine va passer à l'acte très bientôt. Je le sens, je le sais. Depuis hier, elle semble agitée, elle entasse des choses dans des cartons, puis les en ressort, écrit pendant des heures, regarde des photos et pleure souvent. Plus que d'habitude en tout cas. Et moi, je suis coincé ici, dans cette maison-prison. Madeleine va se pendre à quelques mètres de moi et je ne pourrai strictement rien faire pour la sauver. J'ai connu peu de missions aussi délicates. À part, peut-être, l'opération Bikini. Estelle m'avait confié la mission de l'empêcher de rentrer dans une boulangerie pour y acheter des macarons à la pistache, ses préférés. Elle s'était fixé l'objectif de perdre quelques kilos avant l'été pour rentrer dans le bikini qu'elle avait acheté en taille 36 dans une envolée d'optimisme. Et pourtant, dès le lendemain, en plein milieu de mon inspection quotidienne du quartier, elle s'est arrêtée net devant *La Miche Dorée.* N'écoutant que mon courage, je me suis interposé entre elle et la bombe calorique, prêt à en découdre. Je me suis dressé face à elle et j'ai appuyé de tout mon poids sur ses genoux. C'est alors qu'elle m'a pris dans ses bras et m'a porté comme un vulgaire sac de pommes de terre. Elle est entrée dans la pâtisserie en me glissant à l'oreille : « On s'en fout du 36 ! Vive la gourmandise et le Winter body ! ». L'échec de l'opération Bikini n'a pas eu de conséquences vitales, ce qui ne sera pas le cas de l'opération Mamie en détresse.

Lola a bloqué la chatière en plaçant un gros sac de croquettes devant, mais elle a mésestimé ma force pourtant légendaire. Quelques déhanchements chaloupés par-ci, un coup de popotin par-là, et zou, le sac de croquettes se répand par terre et m'ouvre la porte vers la liberté ! Je passe en revue les paramètres de ma mission.

Plan d'attaque : simple et efficace.

Objectif : sauver Madeleine.

Méthode : infiltration discrète et collecte d'informations stratégiques.

Accessoires : mon flair prodigieux, mon courage sans faille, et une demi-croquette récupérée sur le sol de la cuisine (au cas où je devrais soudoyer quelqu'un).

Je m'extirpe de la chatière avec un poil plus de facilité que d'habitude et me dirige, la truffe au vent, en direction des rues du village, tel un agent secret en mission.

Première tentative : m'introduire dans la boulangerie pour y dégoter une douceur qui fera fondre le cœur de Madeleine en lui redonnant goût à la vie. Je me positionne devant la porte automatique. Elle reste close. Je tourne sur moi-même, je me trémousse, je m'abaisse même à sautiller sur place, mais rien n'y fait : la porte refuse de s'ouvrir. Je suppose qu'un vigile à la solde de l'ennemi a sans doute percé ma couverture. Mais je n'ai pas dit mon dernier mot ! Je m'effondre théâtralement sur le sol, langue pendante, yeux révulsés. Après une éternité (soixante secondes), une cliente sort et s'accroupit devant moi : « Bah alors, gros pépère ? ». Gros pépère ? Sérieusement ? C'est quoi cette grossophobie ? D'abord, je suis loin d'être gros, et encore moins un pépère ! Non, mais ! Vexé comme un pou, je lui adresse un sourire diabolique, me relève d'un bond (ce qu'un gros pépère serait bien incapable de faire, entre nous soit dit) et me précipite par la porte ouverte. Mon flair me guide dans une pièce adjacente, située derrière la boutique. Je remarque alors une caisse contenant une montagne de mini-viennoiseries : des pains au chocolat, des croissants, des chaussons aux pommes, le paradis sur Terre ! Mon ventre me rappelle, fort à propos, qu'il est bien trop vide pour mener à bien ma mission. Je décide donc de le remplir avant de rapporter mon butin à Madeleine. Je croque dans un croissant trop sec et manque de m'étouffer, quand un bonhomme portant un tablier blanc (et auquel le qualificatif de gros pépère conviendrait beaucoup mieux, si vous voulez mon avis) me surprend. Il pousse le couinement d'un poulet qu'on égorge (ce dont je n'ai jamais été témoin, Dieu merci) et me chasse à coups de torchon, en criant « Au voleur ! ». Échec cuisant. Note pour moi-même : boycotter cette boulangerie à l'avenir.

Deuxième tentative : récupérer des informations sensibles à la pharmacie. Peut-être existe-t-il un remède contre la tristesse ? J'entre facilement dans l'officine et erre nonchalamment entre les rayonnages. Une gamine me repère et hurle : « Oh, un chiot abandonné ! ». Ai-je l'air d'un chiot ? C'est elle, la chiotte. Oups, je m'égare. Trop de stress sans doute. Mission avortée, repli stratégique sous l'étal de légumes adjacent à la pharmacie.

Au bout d'une heure, ma bravoure tangue légèrement. Je n'ai découvert aucun indice sur la manière de rendre

Madeleine heureuse. Mais au détour d'une ruelle, je tombe sur un objet d'une importance capitale : un vieux doudou crasseux, abandonné sur un banc. Parfait. Rien de mieux qu'un trophée sentimental pour ranimer un cœur. Fier comme un paon, le doudou en bouche, je rentre au QG (alias la maison de Madeleine), prêt à recevoir ma médaille. La vieille dame m'ouvre la porte, l'air bougon et les yeux brillants. Quand elle me voit, mon doudou tout crado dans les crocs, elle éclate de rire. Un vrai, un bon, un doux rire. Je ferme les yeux. Mission accomplie, agent Mojito.

— T'es vraiment un idiot, murmure-t-elle en me grattant derrière les oreilles.

Mon enthousiasme s'effondre dans mes pattes. Le ton de sa voix est d'une tristesse infinie. Et l'odeur de la mélancolie ne l'a toujours pas quittée.

Le lendemain, je me mets en action dès que Lola a quitté la maison. Cette fois, elle a condamné la chatière avec du scotch et il m'est impossible de le détacher. La seule solution serait d'exercer une pression de l'autre côté. Et je ne vois qu'une seule personne qui puisse s'en charger, même si je répugne à l'admettre…

— Maurice ! Mauriiiiiice ! Tu es là ?

Cela fait une heure que je l'appelle, mais ce satané chat ne me répond pas. Ses maîtres sont peut-être repartis chez eux avec lui ? Je dois quand même essayer à nouveau !

— Mauriiiice ! Mauriiiiiice ! Mauriiiiiice !

— Mais tu vas la fermer, oui ? Tu vas réveiller tout le quartier !

Je l'entends enfin, de l'autre côté de la porte de la cuisine.

— Ah, juste ciel, tu en as mis du temps !

— Qu'est-ce que tu veux, encore ?

— Je suis coincé à l'intérieur. J'ai besoin de toi !

— Ah ouais ? Et j'aurai quoi en échange ?

— Mais je n'en sais rien, moi ! La question n'est pas là. On doit se dépêcher de sauver Madeleine. Ma mission de sauvetage a échoué ! Elle va se suicider et si tu ne m'aides pas, tu auras sa mort sur la conscience.

Ce chat me semble complètement décérébré. Je lui explique que nous devons préserver la vie d'un être humain et il ne réagit pas. Je dois m'efforcer de parler son dialecte.

— Allez Maurice, ne fais pas ton relou.

Je suis particulièrement fier de me souvenir de cette expression que Lucas emploie régulièrement. Je pressens que ce genre de langage saura le convaincre davantage que les beaux discours.

— OK, de toute manière Miss Lilie est partie, alors... Je dois faire quoi ?

— Pousse avec tes pattes sur la chatière, le plus fort possible.

Je l'entends foncer sur l'obstacle, tomber, jurer, et recommencer. Au bout d'un moment, une brèche s'ouvre dans la paroi scotchée. À nous deux, nous réussissons à l'agrandir pour que je puisse m'y faufiler, avec toutes les peines du monde. Une fois dans le jardin, il m'ouvre le portail et nous nous retrouvons dans la rue. Je lui raconte alors ma rencontre avec Charles-Eudes, le chow-chow renne, les Jardins d'Éden, Odette et Elvis le perroquet. Malheureusement, les facultés cognitives de ce pauvre chat me semblent décidément défaillantes, car il me demande plusieurs fois de répéter et d'expliquer ce qui me semble pourtant d'une évidence enfantine.

— Charles-Eudes m'a dit que Les Jardins d'Éden se trouvaient le long de la plage, derrière le marchand de gaufres.

— Cool ! On pourra en chourer une au passage !

— Tu n'es qu'un estomac sur pattes, mon pauvre ami ! Je te rappelle que nous sommes en mission sauvetage, là !

— T'es vraiment pas fun…

Quelques minutes plus tard, nous nous introduisons dans un jardin dominé par un tilleul dont les branches gratouillent le ciel. L'odeur d'humus et des phéromones des chiens du quartier envahit mes narines. Devant nous s'élèvent deux petits bâtiments de trois étages. Je me demande comment nous allons faire pour trouver cette fameuse Odette. On ne sait même pas à quoi elle ressemble, si ce n'est à « une mamie », comme me l'a précisé Charles-Eudes. Tu parles d'un indice… Maurice se met à miauler, allez savoir pourquoi. Il continue de plus belle jusqu'à ce qu'un chat gris pointe le bout de son nez, entre les grilles du balcon de l'appartement du deuxième étage. Maurice et le chat gris semblent discuter entre eux, dans un langage que je ne comprends pas.

— D'après Sacha, la mamie habite sur le balcon d'à-côté, m'explique-t-il.

Je vois alors le dénommé Sacha se faufiler sur la terrasse adjacente. De grands cris déchirent le silence du parc.

— À l'aiiiiiide ! À moiiiiii ! On veut me tueeeeeeer ! Elvis va mouriiiiiiir !

Maurice part se cacher dans un buisson et je m'approche pour voir qui peut bien pousser de tels hurlements à la vue d'un simple chat. Un perroquet de toutes les couleurs vient se jucher sur la balustrade. Les plumes ébouriffées, les ailes tremblotantes, l'œil vif, il me toise de toute sa petite taille.

— Elvis ? C'est toi ?

— Ouiiiii ! Qui me dérrrrrrange ? demande-t-il en déployant ses ailes d'un air hautain.

— Bonjour, moi, c'est Mojito. Et la mauviette, derrière, c'est Maurice. Écoute Elvis, on a besoin de toi, c'est une question de vie ou de mort.

— De morrrrrt ? Elviiis va mouriiiiir !

— Non, pas toi. Mais une amie de ta maîtresse. Elle s'appelle Madeleine et elle veut se suicider. C'est une longue histoire.

— Madeleine ? Pas gentiiiiiiille, Madeleine !

Ses cris stridents hérissent les poils de mon dos, mais je prends sur moi pour poursuivre la conversation.

— Oui, je sais, elle n'est pas toujours aimable, mais elle ne mérite pas de mourir...

— Mouriiiiiir ! Elvis va mouriiiiir ! beugle-t-il.

C'est peine perdue. Ce volatile a un quotient intellectuel plus bas que celui de Maurice, c'est ahurissant. Mes oreilles se plaquent sur ma tête, le temps que je trouve une solution. Le chat moche se redresse, reprenant visiblement du poil de la bête.

— Écoute Elvis, arrête avec tes airs de diva, lui ordonne Maurice. Tu ne vas pas mourir, OK ? Mais Madeleine, oui. Alors, tu vas te débrouiller pour que ta maîtresse se pointe fissa chez Madeleine.

— Impossiiiible ! Elvis a faiiiiim !!! croasse-t-il.

— OK, comme tu voudras, mon pote. Sacha aussi, il a les crocs, et ça lui dirait bien de goûter un rôti de perroquet.

Ledit perroquet tourne sur lui-même en se mordillant les plumes. Puis il s'arrête et baisse sa tête à plusieurs reprises. Il se met alors à caqueter de plus belle, ce qui attire une vieille dame sur la terrasse. Ce doit être Odette.

— Elvis, vas-tu te taire, à la fin ? le sermonne-t-elle.

Le volatile bat alors des ailes, s'élance du balcon et se laisse planer jusqu'au sol, à quelques mètres de nous.

— Elvis ! Oh, mon Dieu, qu'as-tu fait ? Es-tu devenu fou ? s'écrie la mamie.

— Bien joué, mon pote, lui souffle Maurice. Suis-nous !

Odette ouvre la porte d'entrée de l'immeuble et appelle son perroquet. Mais celui-ci fait de petits bonds en avant en attendant qu'elle le suive. Nous passons devant pour lui montrer le chemin. La mamie se met à trottiner derrière Elvis en lui promettant les pires représailles.

Maurice glisse à l'oreille d'Elvis : « Pas trop vite, le piaf... Faudrait pas que ta mamie clamse avant Madeleine. » C'est d'une élégance... Mais plutôt pertinent, j'en conviens.

Nous cheminons tous les quatre sous un ciel d'orage. Le volatile tire la langue, il ne doit pas être habitué à voler aussi longtemps. Mais au moins, il se tait. Quelques minutes plus tard, notre étrange procession arrive dans notre rue. Maurice et moi nous faufilons sous la clôture de Madeleine et Elvis la survole. La dame crie de plus belle. Je renifle le sol, à la recherche de l'odeur de Madeleine.

— Mais reviens, Elvis ! Qu'est-ce que tu fiches ici, enfin ?

Je prie pour qu'elle ne rebrousse pas chemin. Heureusement, elle finit par appuyer sur la sonnette. Nous attendons tous sagement derrière la porte. Mais Madeleine ne vient pas lui ouvrir. Où peut-elle être ? Pris d'un mauvais pressentiment, je me précipite vers le garage. Elle est là, les pieds posés sur l'escabeau, et... Son cou n'est qu'à quelques centimètres de la boucle de la potence ! Elle se mordille la lèvre, absorbée par des pensées que je devine aisément et qui me donnent la chair de poule. Elle ne s'est même pas aperçue de ma présence ! En revanche, celle d'Elvis ne passe pas inaperçue. Il vole vers elle et crie « *Madeleine, pas mouriiiiir !* »

La vieille dame sursaute et, en voulant repousser le volatile, donne un coup de pied dans l'escabeau qui tombe sur le sol du garage dans un grand fracas métallique. Elle se retrouve attachée par la tête, à trente centimètres au-dessus du sol.

Le temps s'est arrêté. Madeleine oscille entre la vie et ce qu'il y a après.

10

Tu peux bien appeler les flics ou le GIGN, je reste ici !

Madeleine

Oh mon Dieu ! Mais que s'est-il passé ? Arghhhh, je n'arrive plus à respirer… Je tire sur la corde pour laisser l'air passer dans ma gorge, mais elle est trop serrée. Un voile sombre obscurcit mon champ de vision et je sens mes forces me lâcher. Je n'ai plus l'énergie de me battre. Charles, attends-moi, j'arrive…

Je ferme les yeux, espérant que la mort mette rapidement un terme à la douleur fulgurante qui comprime mes poumons.

Soudain, la pression autour de mon cou se relâche, la douleur diminue et je perçois une lumière blanche à travers mes paupières… Je me rends compte que mes pieds reposent sur Gazpacho qui s'est placé en dessous de moi. J'essaie de retirer ma tête de la corde, mais je n'en ai pas le temps : je m'écroule au sol, le visage tourné vers le plafond et les quatre fers en l'air. En haut de l'escabeau, un chat monstrueux s'est visiblement fait les griffes sur ma corde en tricot, ce qui a dénoué toutes les mailles et précipité ma chute. Mon dos me fait horriblement souffrir. À cause de ces maudits animaux, je vais finir tétraplégique, c'est malin !

— Aaaaaaaah !!! ne puis-je m'empêcher de crier.

— Madeleine ? Madeleine, tu vas bien ? Réponds-moi !

Odette se tient à côté de moi. Mon Odette que je n'ai pas vue depuis si longtemps !

— Odette ? Qu'est-ce que tu fiches ici, bon sang ?

— Je vois que tu n'as pas perdu ton sens de l'accueil, ça me rassure ! Comment tu vas ? Tu arrives à te relever ?

J'essaie de me redresser et par miracle, je me rends compte que mes os sont encore entiers. Je m'assieds sur le sol, encore sonnée par ma gamelle, et frotte l'arrière de mon crâne.

— Mais qu'est-ce qui t'a pris, Madie ? Ne me dis pas que tu voulais te suicider…

— Pas du tout, enfin ! C'est ton sale perroquet qui m'a fait peur et qui m'a fait tomber la tête la première dans la boucle !

— Je ne te crois pas. Que ferait cette corde ici ?

Elle est suspicieuse comme une mère qui voit son ado rentrer chez elle par la fenêtre au petit matin.

— Je l'ai installée pour faire sécher du jambon ! Tu te souviens ? Charles adorait manger du Serrano à Noël depuis que nous y avions goûté lors de notre voyage en Espagne. Chaque année, il en suspendait un au même endroit. Il prétendait que la laine était idéale pour la salaison, va savoir pourquoi. En tout cas, ça agaçait Paul au plus haut point ! À chaque fois qu'il se rendait dans le garage pour bricoler, il se prenait le jambon en pleine poire, cette grande asperge. J'avoue que ça nous faisait bien marrer ! Ma belle-sœur m'en fait livrer un demain, il sera parfait pour le réveillon. Je le mangerai seule, mais en pensant à mon Charly.

Odette m'adresse un sourire compatissant avant de plisser les yeux, se demandant vraisemblablement si c'est du lard ou du cochon. En l'occurrence, c'est bien du cochon.

— Tu n'as donc jamais voulu en finir ? me demande-t-elle en plantant son regard d'aigle inquisiteur dans le mien.

— Non… Même si j'avoue que l'idée de rejoindre mon Charles m'a souvent traversé l'esprit. Mais je sais qu'il ne m'aurait pas pardonné un tel geste. Et puis, qui aurait l'idée de se pendre avec une écharpe en laine ? Je suis peut-être décatie, mais j'ai encore deux sous de jugeote, figure-toi. Allez, aide-moi donc à me relever, je vais finir par attraper une pneumonie, à rester sur ce sol gelé…

Une fois debout, je jette un regard noir à Vomito, au chat bigleux et à ce vieil Elvis qui essaie de se cacher derrière un pot de peinture.

— Ah ça, quels casse-bonbons vous faites ! Vous avez failli me tuer ! Allez, ouste, fichez-moi le camp d'ici, vermines !

Pépino fait un pas vers moi, me renifle et tend son cou vers ma main. Mais je la retire vivement.

— Cette fois, tu ne m'auras pas avec tes léchouilles, mon pépère. Allez, rentre chez ta maîtresse !

Il couine et sort du garage, la tête basse, suivi par son acolyte de chat moche. Elvis vient se percher sur l'épaule de mon amie.

Elle me prend le coude et m'aide à rentrer chez moi. Elle m'installe dans mon rocking-chair et m'apporte un chocolat au lait bien chaud. Puis elle place un plaid sur mes genoux et un coussin derrière ma tête. Sa gentillesse m'émeut tellement que je retiens mes larmes. Comment peut-elle être aussi attentionnée après la manière dont je lui ai parlé, la dernière fois que l'on s'est vues ? J'en ai tellement honte que je voudrais qu'elle retourne chez elle avec son perroquet et qu'elle remballe ses bons sentiments qui me donnent l'impression d'être une femme abjecte.

— Alors, ma chérie, tu te sens mieux ? me demande-t-elle en s'asseyant face à moi.

— Oui, merci Odette. Mais j'aimerais rester seule à présent. Merci d'être passée...

— Je ne bougerai pas d'un poil, ma vieille. À notre dernière rencontre, tu m'as fait le même coup, tu m'as raconté que tu voulais rester seule plutôt qu'entourée d'une bande d'abrutis (dont je faisais partie, je te le rappelle) et que tu serais bien plus heureuse sans nous. J'ai accepté ta décision, j'ai compris que tu avais besoin de temps pour te remettre du départ de Charles. J'ai attendu que tu reviennes de toi-même, quand tu aurais traversé ton chagrin. Mais je vois bien que tu n'as toujours pas le moral, Madeleine ! Et il est hors de question que je te laisse toute seule dans cet état. Tu peux bien appeler les flics ou le GIGN pour me faire déguerpir, je reste ici. Fin de la discussion, affirme-t-elle en croisant les bras sur sa poitrine. Ou plutôt sous sa poitrine.

Je colle mon mouchoir sur mon nez et fais mine de me moucher pour qu'elle ne voie pas mes yeux s'emplir de larmes. Sa gentillesse ne me surprend pas, je ne choisis pas mes amies par hasard...

— Ça fait un an aujourd'hui...

— Je sais... me dit-elle en me prenant dans ses bras, le regard embué.

Je fonds en larmes. Elle me berce comme si j'étais une petite fille en me chuchotant « *Pleure, vide-moi ce trop-plein de malheur, je suis là maintenant.* »

Une vingtaine de mouchoirs et deux chocolats chauds plus tard, je commence à me calmer. Je raconte à Odette tout ce qui s'est passé pour moi depuis un an, ma tristesse, mon besoin de m'isoler dans ma mélancolie et mes souvenirs, ma dépression, mon passage à l'hôpital, l'odieux chantage de mon fils et ma mise sous tutelle. Et la dernière en date, mon emménagement dans un mouroir la semaine prochaine. Je jure sur tous les saints que je ne lui adresserai plus jamais la parole et que s'il met sa menace à exécution, j'ai déjà prévu de filer en douce au Portugal où vit la sœur de Charles. Jusqu'ici, Odette m'a écoutée en silence, en tapotant ma main. Mais mes dernières révélations la mettent en colère.

— Et puis quoi encore ? Non, mais c'est le monde à l'envers ! Pour qui il se prend ? s'agace-t-elle.

— Il dit qu'il s'inquiète pour moi…

Elle hoche la tête.

— Bon, sur ce point, je ne peux pas lui en vouloir.

— Je refuse absolument d'aller là-bas. Plutôt mourir !

— Tout de suite les grands mots ! Haha, tu n'as pas changé, Madeleine. Je suis si heureuse de te retrouver.

J'esquisse un sourire.

— Moi aussi, je l'admets. Et même ton perroquet, même s'il est en train de grignoter toutes mes biscottes.

— Elvis, arrête de manger, lui crie Odette.

— Elvis a faim ! Elvis va mouriiiiir !

— Laisse tomber, il est indécrottable ! Il n'a vraiment pas changé…

— Non, mais il a pris la grosse tête ces derniers temps. Il répète à qui veut l'entendre que c'est lui qui m'a sauvé la vie[1], depuis que nous sommes ressortis indemnes de cette

1. Voir *Le Bon Dieu sans confession, 2015*. Elvis et Odette étaient retenus prisonniers par un horrible personnage qui voulait les zigouiller…

horrible histoire de corbeau. Ce qui est faux, comme tu le sais. Mais tous les voisins lui ont apporté des friandises en rabâchant qu'il avait été courageux, le brave petit. Alors, Monsieur se prend pour la star de l'immeuble à présent. Avant, il était déjà cabotin, mais maintenant…

Nous rions ensemble, tandis qu'Elvis se tourne et nous montre son arrière-train.

— Et à qui sont ces animaux ? me demande Odette en désignant Quiquito et le chat-psychopathe, assis en face de ma fenêtre.

— L'espèce de chien appartient à ma voisine, Lola. Et la chose poilue à côté, je n'en sais rien. Mais Dieu qu'il est laid.

— Affreux ! Mais le chien t'a sauvé la vie.

— Pour réparer la connerie de ton piaf ! En même temps, si j'avais passé l'arme à gauche, cela m'aurait évité de me retrouver dans le mouroir…

— Et si je te promets que tu n'iras pas dans cette maison de retraite ?

— Tu rêves ! Quand Paul a une idée en tête… c'est une vraie tête de mule.

— Et moi, je suis une vraie tête à claques, quand je veux ! affirme-t-elle avec l'air coquin d'une petite fille qui s'apprête à faire une grosse bêtise.

11

Elle a de la chance que j'aime le boudin...

Mojito

Je crois que c'est moi qui vais aller me pendre, finalement. Maurice me raconte « sa life », comme il dit, depuis des heures, dans un langage que je ne comprends pas toujours, je dois l'avouer. Il me faudrait un sous-titrage, comme dans les épisodes de *l'Amour est dans le pré*, quand certains candidats s'expriment avec un accent à couper au couteau. Mais dans la vraie vie, on ne nous propose pas cette option, pas plus aux humains qu'aux animaux d'ailleurs... De sa bouche émane une puanteur nauséabonde plus virulente qu'à l'accoutumée, un mélange de crevettes avariées et de sortie d'égout. Je recule d'une papatte toutes les deux minutes, mais il me suit le bougre, et s'approche encore plus. Ce chat est un danger public, et je crois bien que mes dernières minutes sont arrivées. Adieu, monde cruel !

Pourtant, je ne peux pas rentrer chez moi maintenant, alors que j'ignore si Madeleine est hors de danger.

Enfin, quand les étoiles s'allument dans le ciel, Elvis sort sur le rebord de la fenêtre de la cuisine. Je trottine vers lui.

— Alors, Elvis, quelles sont les nouvelles ?

— Tout est Okayyyyyyy !

— T'es sûr ? lui demande Maurice qui tourne fort heureusement la tête dans sa direction. Elle ne veut plus se foutre en l'air ?

— C'est Okayyyyyyy ! répète le volatile au plumage chamarré et à la voix horripilante.

— Laisse tomber, Momo, on n'en tirera rien de plus. Ce piaf a un Q.I. de mouche m'avertit Maurice.

C'est l'hôpital qui se fout de la charité… Je sourcille, consterné par l'outrecuidance de celui qui a osé m'appeler Momo. Je n'ai pas le temps de dire ses quatre vérités au chat-qui-pue, ni de remercier Elvis pour ces informations rassurantes, quoique succinctes. Odette et Madeleine sortent sur le perron et je m'approche d'elles en catimini, caché par la pénombre. Je renifle la robe de Madeleine. Elle sent le chocolat, l'eau de Cologne et le pot-au-feu. L'odeur du malheur et de la mort a presque disparu ! Hourra !

Elles s'embrassent et se promettent de se rappeler très vite. Et Madeleine ajoute :

— Il faut qu'on se dépêche de mettre notre plan à exécution !

Et elle se met à rire, bien vite imitée par Odette. Un rire moqueur et perfide qui me fait froid dans le dos et hérisse mon pelage. *Oh my God* ! De quel plan parlent-elles ? Voilà qui ne me rassure pas le moins du monde. Ma mission n'est pas terminée…

Je fais part de mon mauvais pressentiment à Maurice et à Elvis. Le chat se contente d'un laconique « *T'es parano, mec !* » et le perroquet d'un explicite « *Elviiiis a faiiiiiiim !* »

Je rentre chez Lola par la porte de derrière, en me faufilant par l'ouverture de la chatière. Une fois à l'intérieur, je remets le gros paquet de croquettes devant pour que Lola ne découvre pas mon méfait.

Je grignote un biscuit (puis deux, puis trois) et avale une grande lampée d'eau plus très fraîche. Ah, ça fait du bien. Je n'ai pas le courage de grimper sur le canapé, il me semble beaucoup trop haut pour moi ce soir. Je préfère rester sur le tapis, roulé en boule, avec Babouche. La journée a été épuisante, je ne suis pas habitué à ce rythme de dingue ni à pareilles émotions. J'ai eu si peur pour Madeleine ! Quand je l'ai vue gesticuler, pendue à sa corde, j'ai cru mourir à mon tour... Je n'aurais jamais pu me le pardonner s'il lui était arrivé malheur.

Estelle me manque tellement. Elle sent instantanément quand je me sens mal et sait toujours comment me réconforter : une assiette de saumon fumé, un coup de brosse en poils de sanglier et de gros câlins sur le canapé. Parfois, pour m'aider à me détendre et à dissiper les tensions de mon dos, elle me fait pratiquer quelques postures de yoga. Je pourrais essayer, tiens !

J'allonge mes papattes avant sur le tapis, tends mes papattes arrière, et pointe mon popotin vers le ciel. « Chien tête en bas », c'est qu'ainsi qu'Estelle nomme cette drôle de position. C'est vrai que cela m'apaise...

— Mais qu'est-ce que tu fais, Mojito ?

Lola apparaît dans l'entrebâillement de la porte. Je ne l'avais pas entendu rentrer. Elle éclate de rire en me voyant. Quel manque de considération...

— Tu es en pleine séance de yoga, mon toutou ? Tu es trop mignon ! Quand je vais dire ça à Estelle, elle ne va pas en revenir. Tiens, je vais essayer d'en faire avec toi.

Heureusement pour elle, je ne suis pas trop susceptible. Je lui montre de bonne grâce cette posture et enchaîne avec celle du chat (oui, ce nom est parfaitement ridicule, j'en conviens) en creusant mon dos puis en l'arrondissant. Lola m'imite, mais ne peut s'empêcher de rire à nouveau. Ah, tu parles d'une élève sérieuse…

— Tiens, je connais une position que tu ne sauras pas faire, me prévient-elle.

Elle s'allonge sur le sol, passe ses mains au-dessus de ses épaules et les pose sur le sol, plie ses jambes et monte son bassin vers le plafond. Son corps forme un arc de cercle et j'ai peur qu'elle se casse en deux ! C'est sûr que cette position-là, je serais bien incapable de la faire, avec mes mini-papattes.

Elle pouffe en me regardant, la tête toujours à l'envers.

— Haha ! Tu ne ressembles pas du tout à un chien, vu d'ici. On dirait un boudin créole sur pattes, un boudin qui bave. T'es trop drôle ! Aboie pour que je sois sûre que tu n'es pas un boudin ! ajoute-t-elle en s'affaissant sur elle-même, prise d'une crise de fou rire.

Je ne sais pas comment je dois le prendre. Mal sans doute. Un boudin sur pattes, non, mais ! Elle a de la chance que j'aime le boudin…

Elle se redresse et me prend sur ses genoux en me papouillant le bidon pour se faire pardonner.

— Mon brave Mojito, je suis vannée ! Tu en as de la chance de rester ici, toute la journée, à te la couler douce. J'ai eu un boulot de dingue aujourd'hui.

— Hum, et moi, j'ai sauvé une vie. Tu peux en dire autant ? rétorqué-je en aboyant.

— Au fait, je vais sortir demain soir et tu resteras ici, comme un grand. Tu seras sage, hein ? Plus de tentative d'évasion ?

Je lui lèche la main pour qu'elle ne voie pas mon regard indécis. Je ne sais pas encore ce que mijotent les mamies flingueuses, mais il se peut que je doive partir une nouvelle fois en mission pour les empêcher de faire une grosse bêtise.

— Je ne peux pas te promettre de ne pas devoir m'absenter pour des raisons impérieuses… Désolé, lui dis-je en baissant la tête.

— Ah, c'est bien, tu es un bon chien.

Décidément, Lola est nulle en langage chien et je le lui fais savoir en aboyant.

— Comment ça ? Tu veux savoir où je vais ? Petit curieux, va ! Demain, je vais prendre un verre avec une amie.

Son cas est désespéré. J'abdique.

12

Une lionne croisée avec un canard

Lola

— Plutôt robe ou pantalon ?

Mojito observe tour à tour ma petite robe noire et mon ensemble pantalon chemisier. Il donne un mouvement de tête vers ce dernier.

— Ah oui, tu crois ? Mais si je porte un pantalon, ça donne le signal que je ne cherche pas de mec, tu comprends. Bon, c'est vrai, je n'en cherche pas. Mais bon, quand même, je ne veux pas passer pour une fille austère. En fait, l'idée c'est de séduire tout en envoyant le message que je ne suis pas disponible. Tu vois ? Le genre de femme superbe, mais inaccessible. Encore faudrait-il que je sois superbe, c'est vrai. Donc avec une robe qui me met en valeur, mais qui ne me fait pas passer pour une fille de joie et des escarpins à talons hauts, mais pas trop. C'est très subtil en fait. Mais tu ne peux pas comprendre, tu n'es qu'un mec, mon pauvre Mojito. Allez, je passe la robe et tu me dis ce que tu en penses. Robe noire ou bleu nuit ?

Mojito me lance un regard consterné et s'en va jouer avec Babouche devant la fenêtre. Je crois que je l'ai perdu avec ma leçon de séduction que je pourrais baptiser « Séduire, oui. Exciter, non ». Hum, pas très vendeur comme nom. Mais l'heure tourne et je n'ai pas le temps d'en trouver un meilleur. Clara doit passer me prendre d'ici cinq minutes pour m'emmener dans un bar qui s'appelle Le Havana Club. Je ne connais pas ce lieu et j'ignore si ma tenue sera trop chic ou pas assez. Clara m'a juste laissé entendre que c'était un bar très sympa. Me voilà bien avancée.

J'enfile ma robe noire, mes collants à semi-opaques (totalement cohérents avec les commandements de la leçon énoncée plus haut) et cherche sous mon lit mes escarpins à talons. Ah ! Les voici. Je glisse mes pieds dedans avant de les en sortir aussi vite. Un liquide froid et visqueux dégouline de ma chaussure gauche. Qu'est-ce que ça peut être ? L'odeur me donne un indice.

— Mojito ! Qu'est-ce que tu as fait ? Viens ici, crapule !

Il se cache sous Babouche et fait mine de ne pas m'entendre. Pas le temps de lui passer un savon, je dois m'adapter. Il me reste les talons « Exciter : oui ! » ou les bottines spéciales shopping (traduisez : talons épais et confort) qui ne rentrent même pas dans la case « Séduire : oui ». Rah… Que faire ? Allez hop, j'enfile les bottines. Après tout, l'amour et moi, c'est terminado, finito, ciao Bambino. Tant pis si je passe pour Mère Teresa, j'assume. Et puis, je m'apprête à passer une petite soirée sympa entre amies, je ne vais pas dans un club de rencontres.

— Alors, comment je suis ? demandé-je à Mojito en me plantant devant lui.

Il me regarde et place ses deux pattes avant sur ses yeux. Je ne sais pas comment je dois le prendre. Mal sans doute… Par la fenêtre, je vois la voiture de Clara se garer dans la rue. Je colle une bise à Mojito en lui rappelant d'être sage et je claque la porte d'entrée.

— Salut ma belle, prête pour une soirée de « folaïe » ? me demande Clara en imitant l'accent de Cristina Cordula, tandis que je boucle ma ceinture.

— Euh, tu parlais d'une soirée sympa, pas d'une soirée de folie…

— C'est la même chose, on va s'éclater, tu vas voir !

— Oui, oui… J'en suis sûre, lâché-je avec un demi-sourire.

Elle monte le son de son autoradio sur une chanson que j'adore : *Une femme avec une femme,* du groupe Mecano. Elle se met à chanter et je l'imite :

— *Quand elles sont seules, comme elles n'ont rien à perdre, après les mains, la peau de tout le reste, un amour qui est secret, même nues elles ne pourraient le cacher, alors, sous les yeux des autres, dans la rue, elles le déguisent en amitié. L'une des deux dit que c'est mal agir, et l'autre dit qu'il vaut mieux laisser diiiiiiiire,* chantons-nous en chœur, avec une justesse très approximative.

— Voilà, tu es chaude à présent, on peut y aller ! m'annonce Clara en garant sa voiture.

J'avise la devanture du Havana Club. Ce n'est pas juste un bar, à en juger par sa devanture aux néons clignotants. Ça ressemble davantage aux boîtes de nuit de ma jeunesse. Je suis tombée dans un guet-apens.

Quand nous entrons, nous croisons des personnes avec des accoutrements que je n'avais plus vus depuis mes seize ans : des tops en résille jaune fluo à la Madonna, des vestes à épaulettes sur des torses nus (d'hommes), des coiffures punks, et même des filles déguisées en Pikachu. Mais où diable suis-je tombée ? Je m'aperçois alors que

Clara porte un t-shirt avec une grosse tête de licorne portant l'inscription « *Je suis une dresseuse de licornes. What else ?* » OK… À côté d'elle, et de tous ceux de la boîte, j'ai l'air d'une secrétaire coincée. Les seuls hommes que je risque d'attirer sont des pervers fétichistes des bottines moches. Merveilleux, tout ce qu'il me fallait. Je veux rentrer chez moi !

Je m'approche de Clara pour lui suggérer d'aller ailleurs, mais elle s'installe déjà dans un canapé en velours vert pomme, tout en adressant un signe de la main au serveur qu'elle connaît manifestement très bien. Je ne veux pas passer pour une vieille grincheuse auprès de ma nouvelle amie et m'assieds à mon tour en posant mon sac sur mes genoux, puis sur le sol. Constatant qu'il est d'une saleté répugnante, je le cale sur le canapé à côté de moi.

Nous commandons deux mojitos en criant pour couvrir le bruit de la musique. Musique que je trouve plutôt à mon goût d'ailleurs, c'est celle des années quatre-vingt, celle de ma jeunesse que j'ai plaisir à entendre et à fredonner de nouveau. J'essaie de me détendre davantage. Clara s'approche de moi pour me parler dans l'oreille.

— Alors, ça te plaît ? me demande-t-elle.

— Oui, beaucoup, lui assuré-je en mentant à peine.

— J'adore cet endroit. On s'y sent libre d'être qui on veut, on ne se juge pas, on est là pour s'amuser, faire la fête et oublier le quotidien.

— Tu y viens souvent ?

— Avant, je venais au moins une fois par mois, mais plus depuis que j'ai rompu.

— Ah, toi aussi tu sors d'une rupture ?

— Oui, c'était assez douloureux, mais je vais mieux maintenant. Je me sens prête à tourner la page, et à aimer de nouveau ! ajoute-t-elle en passant une main dans ses cheveux. Et toi ?

— Pour moi, les hommes, c'est terminé !

Je lui raconte alors ma relation avec Adam et la manière dont j'ai préféré la conclure. Mon ton est volontairement détaché, presque distant. Je refuse que le souvenir d'Adam attriste ma soirée.

— Il n'a pas essayé de te retenir ? Ou de revenir en France pour te garder ? me demande-t-elle.

— Il a tenté d'argumenter, de trouver des solutions... Mais je savais que c'était mieux pour lui et pour nous. Alors j'ai fini par lui dire que j'avais rencontré quelqu'un d'autre. Il m'a crue.

— Tu as eu raison de le larguer. S'il n'était pas prêt à se battre pour toi, c'est qu'il ne te méritait pas ! Regarde-toi, tu es une femme sublime, rayonnante, amusante et intelligente. On n'en croise pas tous les jours, tu peux me croire !

Je hausse les sourcils, agréablement surprise par ces compliments inattendus, surtout venant d'une personne qui ne cherche pas à me séduire.

— Oh, tu es trop gentille de me dire tout ça, alors que tu me connais à peine. Ça me touche beaucoup.

— Je dis toujours ce que je pense, je ne cherche pas à te flatter, tu sais. Je te trouve vraiment exceptionnelle.

— Merci, lui dis-je en sirotant mon cocktail pour dissimuler mon embarras.

Je m'amuse à observer ceux qui dansent sur la piste sur l'air de *September*, du groupe Earth, Wind and Fire. Ils ont entre vingt et cinquante ans, exécutent des chorégraphies typiques de leur génération respective, reprennent le refrain en chœur, et partagent visiblement le même plaisir. Je pourrais bien me laisser entraîner sur la piste, d'ici une ou deux gorgées… Un DJ anime la soirée et lance de petites blagues de temps en temps.

— Et maintenant les amis, c'est l'heure de notre grand concours en partenariat avec le traiteur *La Tour D'Argent* qui offrira un panier-repas gastronomique pour deux personnes à nos grands gagnants ! s'exclame-t-il d'une voix surexcitée.

Ce traiteur est le plus chic de la ville et le plus cher également. J'aimerais bien le remporter, ce concours, juste pour avoir une chance de déguster ces bons petits plats.

— Pour participer, c'est très simple, venez sur scène chanter avec la personne de votre choix et faites le show ! Un jury départagera le couple le plus exceptionnel. À vous de jouer, les amis !

Ah ben, non, tant pis ! Il y a quelque temps, ce genre de concours m'aurait amusée. D'ailleurs, c'est moi qui emmenais Estelle chanter dans des bars karaoké, à une époque. Mais à présent, je me sens un peu moins confiante et j'ai davantage envie de rester au calme, dans l'ombre. Ce doit être la sagesse. Ou l'âge.

— On y va ? me demande Clara, les yeux pétillants.

— Où ça ?

— Sur scène ! Viens, on va s'amuser ! Et je meurs d'envie de gagner ce panier-repas gastro ! Allez, fais-le pour moi !

J'ai bien envie de refuser, mais encore plus de ne pas la décevoir. Elle est si joyeuse et pleine de vie, je ne voudrais pas qu'elle sache que je suis ennuyeuse comme la pluie. Et puis, cela me donnera l'occasion de dépoussiérer mon look de secrétaire psychorigide.

— Hum… si tu veux. Qu'est-ce qu'on va chanter ?

Elle me murmure le titre à l'oreille et mes yeux s'écarquillent.

— T'es sérieuse ?

Elle éclate de rire et me prend la main pour m'entraîner dans son sillage. Nous montons sur scène et prenons un micro dans nos mains. Les miennes sont moites et tremblantes. C'est un véritable traquenard. Heureusement, avec les projecteurs braqués sur nos yeux, je ne vois pas les spectateurs. Je sens que Clara me passe quelque chose autour du cou : un boa en plumes roses. Je vais décéder sur place. Les premières notes de la mélodie s'échappent des enceintes et le public la reconnaît immédiatement. Clara entonne les premières paroles de la chanson :

— « *Hi - Hi! We're your Weather Girls - Ah-huh. And have we got news for you. You better listen! Get ready, all you lonely girls, and leave those umbrellas at home. Alright!* »

Ça y est, c'est à moi. Je commence à chanter du bout des lèvres, mais très vite, je me laisse emporter par la chanson et finis par beugler « *It's Raining Men! Hallelujah ! It's Raining Men! Ameeeeeeeennnn!* » en jouant avec mon boa et en dansant avec Clara, bras dessus, bras dessous, dans une chorégraphie totalement ridicule. Puis, comme dans la danse des canards, nous nous penchons en avant pour trémousser nos popotins. Clara vient se coller à moi et plaque son fessier contre le mien tout en continuant à se déhancher, déclenchant ainsi les rires et les acclamations d'un public déchaîné. La mélodie se termine et nous saluons notre auditoire bienveillant avant de nous prendre dans les bras en riant.

— Tu as assuré, me félicite Clara. Je savais bien qu'une lionne sommeillait en toi !

— Une lionne croisée avec un canard, alors. Notre danse était très spéciale !

On vient nous féliciter pour notre « performance », en nous précisant que nous avons été très amusantes… C'est toujours ça ! Un homme déguisé en Albator vient même nous conseiller de monter un spectacle, toutes les deux. Mais bien sûr…

Nous regardons ensuite les autres groupes passer sur scène et les encourageons de toutes nos forces. Puis le DJ annonce les gagnants du concours.

— And the winners are… attention, roulement de tambour… les Weather Girls, Lola et Clara ! s'égosille-t-il. Allez, les filles, venez chercher votre récompense et refaites-nous cette petite chorégraphie canardesque, s'il vous plaît !

Nous poussons un cri de surprise à l'unisson avant de sauter sur place comme des gamines hystériques. À nous les bons petits plats gastronomiques !

Clara me ramène chez moi tard dans la nuit. Dans la voiture, nous rions encore de notre prestation en chantant à tue-tête le tube qui nous a valu notre victoire. Elle gare la voiture dans ma rue et m'accompagne jusqu'au portail.

— Je t'avais bien dit qu'on allait s'éclater !

— Oui, il y a bien longtemps que je ne m'étais plus autant amusée, j'avoue.

— Moi non plus, me répond-elle plus bas.

Elle s'approche de moi en souriant et fait glisser une mèche de cheveux derrière mon oreille. Puis, avant que j'aie eu le temps de comprendre ce qu'il se passait, elle m'attire contre elle, me prend dans ses bras et m'embrasse tendrement sur la bouche.

13

Certaines femmes aiment les aubergines et d'autres, la salade frisée

Madeleine

Je sors les cookies du four et les examine de plus près. Ça peut aller, à deux ou trois exceptions, ils sont corrects. Avant, j'en préparais une fournée toutes les semaines et mes trente cookies disparaissaient instantanément dans les estomacs de Charles, d'Odette et de son mari André. Nous nous réunissions tantôt chez eux, tantôt chez nous. Le trajet entre nos appartements n'était pas bien long, un seul couloir séparait l'aile A dans laquelle ils vivaient de notre aile B.

Quand je repense à Odette et André, je ne peux m'empêcher de penser que leur histoire aurait pu être adaptée au cinéma. Il y a bien longtemps, André était le chanteur d'un groupe de rock dont je ne me rappelle plus le nom. Il avait des airs de Jim Morrison, d'après les photos que j'ai vues de lui. Odette assistait à chacun de ses concerts et connaissait ses chansons par cœur. Il a fini par la repérer et l'a invitée à boire un verre. Ils se sont aimés follement, pendant des mois. Mais Odette avait de plus en plus de mal à supporter toutes les groupies de son homme qui lui jetaient leur soutien-gorge sur scène, les œillades suggestives et les sourires qu'il leur renvoyait pour les remercier et sa façon de danser qu'elle jugeait trop lascive à son goût. Un jour, l'une de ses fans s'est vantée devant elle d'avoir couché avec lui. Odette ne l'a pas supporté et l'a quitté sur le champ. Elle en a été dévastée. Avec le temps, elle a fini par l'oublier. Elle a bien eu quelques relations par la suite, mais elle n'a jamais aimé personne autant que son André. Jusqu'au jour où, cinquante ans plus tard, elle l'a revu par hasard lors d'une fête des voisins organisée par les habitants de l'aile A. Sa voisine Simone lui a présenté son frère, venu passer le week-end chez elle. C'était André. Ils se sont reconnus au premier regard. Il lui a expliqué qu'après avoir vécu de longues années au Canada, il revenait en France pour s'y établir et essayer d'oublier un divorce éprouvant… Il s'est ensuite excusé pour la manière dont il s'était conduit envers elle, et de n'avoir pas su garder les pieds sur Terre alors qu'il n'était qu'un jeune chanteur qui se prenait pour une rock star. Il lui a avoué qu'il avait mis longtemps à se remettre de leur séparation et qu'il avait compris, trop tard, qu'il l'aimait vraiment. Il avait cherché à la retrouver, en vain. Quatre mois après leurs retrouvailles, ils se sont mariés.

Pendant des années, tous les dimanches après-midi, nous nous réunissions pour jouer au poker en mangeant des cookies et en buvant du thé ou du café arrangé pour ces messieurs. Nous nous quittions parfois tard le soir, après avoir partagé un plat de pâtes et un verre de vin.

C'étaient des années heureuses, drôles, légères, dénuées du poids des obligations familiales et professionnelles. Jusqu'au jour où André a attrapé un rhume qui a dégénéré en infection pulmonaire. Il ne s'en est pas remis. Odette l'a pleuré pendant quatre jours, non-stop. Le cinquième, elle est venue nous voir et nous a proposé de faire une promenade en bord de mer, comme nous avions l'habitude de le faire à quatre, avant. Nous avons été surpris par sa demande, mais nous l'avons accompagnée sur la plage où elle nous a annoncé la couleur sans détour : « *André aurait voulu que je continue à vivre, à sourire, à sortir, à évoquer nos souvenirs communs. Et c'est bien ce que j'ai l'intention de faire. D'ailleurs, que diriez-vous d'aller manger une crêpe au miel, sa préférée ?* »

Quand Charles est parti l'année dernière, je n'ai pas réagi comme Odette. Ma réaction à moi était aux antipodes de la sienne. Je n'en suis pas fière, mais sur le moment, je ne voyais pas d'autre issue que de me refermer complètement. Je me suis claquemurée chez moi, comme on se barricade en pleine tempête. J'ai baissé les volets, coupé le téléphone, ignoré les messages. Je ne voulais voir personne. Même ceux qui m'aimaient, même ceux qui souffraient avec moi. Surtout Odette. Elle aurait voulu m'aider, je le sais. Mais sa simple présence me rappelait trop Charles et tous les moments que nous avions partagés ensemble. Et je n'étais pas capable d'affronter ça. Elle évoquait nos souvenirs communs avec cette lumière dans les yeux, cette chaleur dans la voix, et moi je n'arrivais même pas à respirer sans avoir l'impression de m'écrouler.

Alors j'ai mis de la distance. Pas par méchanceté, mais par instinct. Comme si je pouvais, en tenant les autres à l'écart, retenir un peu l'effondrement qui menaçait. Et je l'ai blessée. Je l'ai perdue, elle aussi. Avec le recul, je me rends compte que j'ai repoussé une main tendue, peut-être la seule qui aurait pu me raccrocher un peu à la vie. Mais à ce moment-là, je ne savais plus comment faire. J'étais là, vivante en apparence, mais vide dedans. Alors j'ai fait ce que j'ai pu. Et ce que j'ai pu, ce n'était pas grand-chose.

La sonnette de la porte d'entrée carillonne et m'extirpe de mes souvenirs. Je me lève et ouvre la porte à ma seule véritable amie et à son volatile multicolore.

— Oh ! la la ! il fait un froid de canard, ma chérie. Je suis sûre qu'il va neiger pour Noël, affirme Odette. Tiens, je t'ai rapporté de la verveine que j'ai achetée au marché bio ce matin.

Elle s'arrête net, lève le nez et renifle ostensiblement.

— Ne me dis pas que c'est le parfum de tes fameux cookies que je sens ?

— OK, je ne te le dirai pas, je lui réponds avec un sourire en coin.

Elle s'installe autour de la table de la salle à manger tandis que je pose l'assiette de biscuits devant elle.

— Ne prends pas ceux du dessus, ils sont cramés, je les donnerai au chien de la voisine.

— Elviiis a faiiiiiiim ! s'écrie le volatile multicolore.

— Tu n'étais pas obligée d'emmener Elvis, si ? lancé-je avec une grimace.

— Je ne sais pas pourquoi, mais il ne voulait pas rester seul. Il répétait que Sacha, le chat d'à-côté, allait lui faire la peau. Je ne vois pas comment il pourrait s'introduire chez nous, mais passons… J'ai eu pitié de lui. Ça ne t'ennuie pas, au moins ?

— Penses-tu ! Je suis fan des perroquets qui essaient de me suicider malgré moi, lui retorqué-je en riant.

— Roh, quelle histoire, c'est vrai… Tu te sens mieux, depuis l'autre jour ? me demande-t-elle en posant sa main sur la mienne.

— Un peu, mais je t'avoue que la perspective de devoir emménager dans un mouroir me donne vraiment envie de me pendre !

— Ne t'inquiète pas, j'ai une solution. Mais pour ça, nous avons besoin d'une dose massive de cookies et d'une infusion bien chaude. Oh, regarde ! Le petit bouledogue qui était chez toi, il nous regarde derrière la vitre dans la maison d'en face…

— Oui, il passe son temps à m'espionner, ce petit pervers. C'est Pepito. Tu parles d'un nom…

— Mojiiiiiito, pas Pepiiiiiito, s'écrie alors Elvis, les yeux rivés sur le bouledogue.

— Oui, c'est pareil. Lola le laisse seul toute la journée, le pauvre… Au fait ! Tu ne devineras jamais ce qui s'est passé !

— Bah non, raconte !

— L'autre nuit, je me suis levée pour aller faire pipi et j'ai entendu une voiture se garer dans la rue. Alors je suis allée jeter un œil, on n'est jamais trop prudent. C'était ma voisine Lola et une autre bonne femme que je n'avais jamais vue. Elles discutaient et tout d'un coup, elles se sont embrassées !

— Pour se dire au revoir ?

— Non, malheureuse ! Elles se sont roulé une pelle, galochées, comme disent les jeunes ! Deux femmes ! Tu imagines ? Ma voisine est une lesbienne homosexuelle ! lui soufflé-je pour qu'Elvis ne nous entende pas.

Il serait bien capable d'aller le crier sur les toits.

— D'abord, on ne dit pas lesbienne homosexuelle, c'est un pléonasme et c'est ringard. On dit qu'elle est gay, corrige Odette en hochant la tête d'un air suffisant.

— Je ne te parle pas de sa gaieté, mais de…

— Ne t'énerve pas, j'ai compris. Ta voisine aime les femmes, la belle affaire. Il paraît que c'est normal de nos jours, tout le monde couche avec tout le monde. C'est la liberté sexuelle, que veux-tu ? Je te rappelle qu'on a connu ça dans les années soixante-dix. Faut vivre avec ton temps, ma vieille !

— Je sais, et en vrai, je m'en contrefous, c'est juste histoire de jaser. Moi qui la trouvais coincée, la petite… Elle cachait bien son jeu.

— Certaines femmes aiment les aubergines et d'autres la salade frisée, on ne va pas en faire un fromage ! ricane Odette, en croquant dans son deuxième cookie. Bon, passons aux choses sérieuses, on a du pain sur la planche. Tu as obtenu les informations ?

— Oui, mais j'ai dû appeler mon fils auquel je m'étais promis de ne plus jamais parler et entendre de nouveau ses bobards sur cette résidence « paradisiaaaaaaque », fais-je en levant les yeux au ciel. Son baratin m'a filé la nausée, mais c'est bon, j'ai l'adresse.

— Fais-moi voir. Ah, c'est à Plouicville ? Ce n'est pas la porte à côté. On pourrait prendre ta voiture ?

— Je crois que tu n'as pas bien compris, Odette. Je ne veux pas y aller !

— Je sais, mais réponds-moi : peux-tu nous conduire à Plouicville ?

— Hors de question. Ça fait un an que je n'ai plus conduit.

— Sinon, si on prend le bus 31 puis le 27, on devrait y arriver…

— Taratata, j'ai une tête à prendre douze bus ? On va prendre un taxi, et aux frais de la princesse, en plus. Mon fils est peut-être un traître, mais il sait se montrer généreux. Remarque, il n'a pas de mérite, c'est quand même mon argent, après tout.

— Bien, le transport, c'est réglé.

— Mais vas-tu me dire ce que tu comptes aller faire là-bas exactement ?

Elle affiche un sourire énigmatique et ses yeux se mettent à pétiller de malice.

— Pop pop pop, pose pas de questions. Je suis sûre que tu vas adorer mon idée. Tu crois qu'on pourrait emprunter le chien de ta voisine ?

— Sans doute, pourquoi ?

Elle me révèle alors son plan machiavélique et je me rappelle pourquoi on s'entendait si bien, dans le temps. Elle est aussi folle que moi, sous ses airs de mamie gâteau. Nous rions ensemble de son idée loufoque.

— Je suis partante, mais je me demande si ça suffira. Ils doivent avoir l'habitude, là-bas, tu sais…

— Hum, tu as peut-être raison, admet-elle en tapotant son index contre sa bouche.

À ce moment, nous voyons Lola ouvrir son portail et rentrer chez elle. Odette éclate de rire.

— Ça y est ! Je sais !!!

— Vas-y raconte !

Elle me raconte et j'écarquille les yeux. Je vous ai menti : elle est encore plus folle que moi !

14

OH, MERDOUM…

LOLA

Quelle nuit pourrie ! Je me suis réveillée en retard, après m'être endormie sur le coup des six heures.

Je me suis repassé la scène du baiser dans la tête au moins deux-cents fois, sans parvenir à comprendre ce qui s'était passé. Je me suis d'abord demandé si le fait de s'embrasser sur la bouche entre filles n'était pas une coutume typiquement bretonne, mais je suppose que j'en aurais entendu parler… Puis j'ai revisité mes souvenirs de la soirée. Qu'avais-je bien pu dire ou faire qui a pu laisser penser à Clara que j'étais attirée par les femmes en général et par elle en particulier ? Alors, je me suis rappelé cette chanson que nous avons chantée ensemble. *Une femme avec une femme*. Ça aurait dû me mettre la puce à l'oreille… Mais peut-être qu'elle-même, quand je lui ai confié que j'adorais cette chanson, y a vu un signe ? Et je lui ai avoué un peu plus tard que « *les hommes, c'était fini pour moi* ». Rah, mais oui, bien sûr, elle en a déduit que je voulais virer ma cuti et me tourner vers les femmes ! Quelle idiote j'ai été… Et notre danse des canards où nous

nous sommes frotté le popotin ! Je lui ai donné malgré moi tous les éléments susceptibles de l'induire en erreur.

Ou alors, se pourrait-il que ma conscience soit hétérosexuelle, alors que mon cœur est en réalité homosexuel ? Aurais-je refoulé mes pulsions ? Ai-je déjà regardé une femme avec désir ? A priori, non… ou alors, à seize ans, quand j'étais obsédée par la taille de mes fesses et que je scrutais celles des autres pour me rassurer. Pas très utile, mais à cet âge, on n'est pas toujours rationnelle. En y repensant, je me rends compte qu'il m'est arrivé d'envier certaines silhouettes, des courbes musclées, galbées… de les regarder un peu trop longtemps. Oh, mon Dieu ! Et si ce n'était pas juste de l'envie ? Aurai-je été dans le déni tout ce temps ? Serait-ce l'explication des échecs de mes précédentes relations avec des hommes ?

Mais si je suis gay, pourquoi je n'éprouve pas la moindre envie de faire l'amour avec une femme ? Serait-ce mon éducation judéo-chrétienne qui m'influence ou peut-être même ma peur de l'inconnue ? Ce tourbillon de questions, de révélations et de remises en question m'a tenue éveillée une bonne partie de la nuit.

Depuis ce matin, au magasin, je n'ose plus entrer dans les cabines d'essayage pour aider mes clientes à fermer un bouton ou ajuster une tenue, comme je le fais spontanément en temps normal. L'une d'elles m'explique qu'elle part aux Seychelles pour Noël et qu'elle tient à essayer plusieurs maillots de bain pour trouver celui qui la transformera en déesse. Je fais tout pour l'en dissuader, mais elle tient absolument à le passer. Quand elle sort de la cabine, je lui jette un coup d'œil express, avant de lui annoncer qu'il est absolument parfait sur elle, qu'il faut qu'elle se rhabille avant d'attraper la mort et qu'il ne faudrait pas qu'elle tombe malade juste avant de partir en vacances. Je lui sors tout ça en une seule phrase, en regardant le bout de mes bottines. Cette insolente me répond alors :

— Oui, mais j'hésite. Je veux être une déesse classe. Vous ne trouvez pas qu'il dévoile un peu trop ma poitrine, regardez, là…

L'inconsciente, elle ne sait pas à qui elle a affaire. Je suis une bombe à retardement et la pauvre petite se jette dans la gueule de la louve innocemment. J'inspire lentement puis je ferme un œil en plissant l'autre pour la regarder en biais.

— Mais non, c'est très sexy ! Enfin, je veux dire, très joli, enfin mignon, quoi. Votre mari va adorer.

— J'espère surtout que c'est ma copine qui va adorer, me rétorque-t-elle en m'adressant un clin d'œil.

Oh mon Dieu ! Je voudrais fondre comme une flaque d'eau pour disparaître, mais je reste là, avec mon visage rouge ketchup et mes bottines qui mériteraient d'être cirées. Je suis entourée de filles gays qui savent qui je suis, elles ! Je suis démasquée, cernée, faite comme une rate.

Je passe le reste de la journée à demander à Google « *Comment savoir si on est homosexuelle ?* » Ses réponses et les images qu'il m'impose m'embrouillent encore plus qu'avant.

Je me dis que finalement, je préfère ne plus être sexuée du tout, ça réglera le problème. Au moment où je prends cette résolution, je reçois un SMS de Clara :

> Salut, beauté ! Tu vas bien ?

Oh, merdoum… Je ne sais déjà pas répondre à ce genre de message envoyé par un mec que j'ai embrassé, alors venant d'une fille que j'ai également embrassée, c'est le vide sidéral dans ma tête. Une cliente entre alors dans la boutique et me lance un « *Bonjour* » poli. Je m'écrie alors : « *Non, je ne vais pas bien du tout !* » avant de réaliser que j'ai parlé à voix haute (et très fort) à cette pauvre cliente qui n'en mérite pas tant… Je m'en excuse platement, lui faisant croire que je suis en train de téléphoner en tapotant une oreillette (qui n'existe pas, bien évidemment). La cliente fait un tour rapide des portants et s'enfuit sans un mot. Bien joué, Lola !

Bon, je ne sais toujours pas ce que je dois répondre à Clara. J'inspire, expire, je m'étire et je bois un peu d'eau. Hum… je n'en sais toujours rien. Alors, je me contente d'un laconique :

> Salut toi ! Ça va, merci bien.

Je ne lui demande pas comment elle va pour lui éviter de se donner la peine de me répondre. Je ne réfléchis pas plus longtemps et je clique sur « Envoyer ». Voilà, c'est clair, sobre, direct. Je relis quand même ma réponse pour être sûre. Non, mais non ! Qui dit encore « *Salut toi* » aujourd'hui ? Bien sûr que c'est elle que je salue, pas le Pape ! Elle va me prendre pour une super-ringarde, après m'avoir prise pour mère Teresa. En même temps, si ça la dissuade de m'embrasser de nouveau, c'est peut-être une bonne idée, finalement. Ou pas…

> Super ! On se voit ce soir ? Tu es libre ?

Oh, remerdoum… Qu'est-ce que je dois lui répondre, cette fois ? « Non, je ne suis pas libre, car je ne sais pas si je suis gay ou hétéro » ? Ou alors « Non, merci, mais j'ai peur de te sauter dessus (ou que tu me sautes dessus) et de me rendre compte qu'en fait, il manque indubitablement un organe essentiel à l'une de nous deux (à toi, de préférence) » ?

J'ai des palpitations et les mains moites. Deux clientes entrent dans la boutique et me sourient d'un air entendu… Elles me demandent conseil sur une pointure. Avant de les rejoindre, je réponds à toute vitesse à Clara que ce soir, je dois téléphoner à ma cousine. Et je range mon téléphone dans ma poche. Tout en donnant aux clientes les baskets qu'elles me réclament, quelque chose me chiffonne. Je vérifie le message envoyé :

> Non, désolée, je dois appeler ma coquine Germaine pour lui souhaiter son anniversaire. Ça risque de prendre longtemps, elle est très bavarde ! Bonne soirée.

Je pousse un cri qui fait sursauter mes clientes qui me regardent maintenant comme si j'étais bonne à enfermer. Rouge jusqu'à la racine des cheveux, je balbutie des excuses incompréhensibles tout en cherchant désespérément où planquer mon téléphone… et ma dignité. Oh my God ! Ce fichu correcteur a transformé « cousine » en « coquine » ! Il est complètement givré ! J'espère que Clara ne va pas s'imaginer que j'ai une petite copine qui s'appellerait Germaine (quelle idée ?) !

Raté. Réponse de Clara : « Waouh, je ne savais pas que tu avais une vie aussi trépidante… Mais là, Germaine la coquine, tu fais fort ! 😜 Bon coup de téléphone ! 😂 »

Mon sang se fige dans mes veines. Ma vie est fichue.

Quand je rentre à la maison, j'envoie valser mes bottines (celles de mère Térésa) et je me sers un verre de vin blanc bien frais. Faudrait pas que ça devienne une habitude, mais là, j'en ai vraiment besoin !

Quelle journée pourrie ! J'avale une gorgée de vin, m'installe sur le tapis et compose le numéro de téléphone de Chloé. Nous sommes cousines germaines, mais elle a quinze ans de plus que moi. Depuis toujours, quand je me pose des questions existentielles, c'est vers elle que je me tourne. Je lui souhaite un bon anniversaire et lui demande de ses nouvelles. Très vite, elle s'aperçoit que je suis contrariée et je lui déballe tout, entre fous rires gênés et larmes de fatigue.

— Je ne sais plus où j'en suis, ni même qui je suis, Chloé.

— Tu te remets en question, ça nous arrive à tous. Mais dis-moi, que ressens-tu pour cette fille ?

— Je l'aime bien, elle est marrante, spontanée et très gentille. Quand elle parle de moi, j'ai l'impression d'être merveilleuse.

— C'est normal, tu l'es. Et ça te touche ? me demande-t-elle d'une voix douce.

Je pose mon verre de vin sur la table basse et gratouille le ventre de Mojito qui s'est allongé sur mes genoux.

— Oui, j'avoue que ça me fait plaisir. J'ai l'impression qu'elle arrive à lire en moi alors qu'on ne se connaît pas vraiment. C'est très troublant. Et puis, j'apprécie sa douceur et son côté pétillant.

— Est-ce que tu crois qu'il peut s'agir d'amour ?

— Non ! Enfin, je n'en sais rien… Je parlerais davantage d'amitié naissante. Tu sais parfois, quand on rencontre une personne avec laquelle ça matche instantanément, ça ressemble à un coup de foudre amoureux. Mais de toute façon, je n'ai pas envie de m'empêtrer dans une histoire de cœur en ce moment, que ce soit avec un homme ou avec une femme. Je suis en jachère ! affirmé-je en riant.

— Alors, c'est parfait ! Explique-lui que pour l'instant, tu recherches seulement une amie. Ça réglera ton problème et te laissera le temps d'y voir plus clair en toi. Qu'en penses-tu ?

— Je pense que tu es géniale, tu m'aides toujours à démêler le bazar dans ma tête ! Merci, ma coquine ! ajouté-je en riant.

La sonnette de l'entrée résonne dans l'appartement et Mojito aboie. Je prends congé de ma cousine, en espérant que ce ne soit pas Clara derrière la porte. Bonne nouvelle, ce n'est pas elle. Mauvaise nouvelle, c'est ma voisine grincheuse.

— Bonsoir, Lola, je vous dérange peut-être ?

— Euh… Oui, je…

— Peu importe. Vous n'êtes pas avec votre… *amie* ? me demande-t-elle avec un sourire en coin.

Je sens mes joues s'empourprer. Oh, mon Dieu, elle a tout vu, elle sait. Tout le quartier va le savoir. Merveilleux. J'aimerais bien qu'on me laisse le temps de connaître mon orientation sexuelle avant qu'on ne la décrète à ma place !

— Écoutez Madeleine, ce n'est pas ce que vous croyez. Il se trouve que…

— Je vous arrête, ma petite Lola. Je me fiche de votre vie amoureuse comme d'une guigne. Si vous voulez vous faire papouiller le minou, grand bien vous fasse ! marmonne-t-elle.

Ai-je bien compris ? Non, bien sûr que non ! Ça ne peut pas être ça !

— Pardon ?

— Je disais juste que certaines femmes aiment la moussaka, d'autres la laitue, on ne va pas en faire un camembert ! précise-t-elle sans se démonter.

Quoi ? Que viennent faire la moussaka et la salade ici ? Je crois que Madeleine part complètement en cacahuète !

— Bref, je voulais vous demander un petit service, reprend-elle sans transition.

— Encore ? Que puis-je faire pour vous ?

— Je voudrais vous emprunter Mobilo.

— Mobilo ? Mon téléphone portable ?

— Mais non, enfin ! Votre sauci… Euh, votre chien !

— Ah ! Mojito ? Pour quoi faire ?

Ses lèvres se tordent en une mimique assez flippante.

— Je voudrais juste le garder une journée, en souvenir de mon vieux Gontran. Ça me changera les idées… Vous savez, les périodes des fêtes ne sont pas bien amusantes pour les vieux qui n'ont plus de famille, ajoute-t-elle avec un regard de chaton implorant qui me bouleverse.

— Mais vous n'êtes pas seule, Madeleine. Vous avez toujours votre fils, non ?

Nouvelle mimique. Certainement l'émotion. Ou des problèmes digestifs ?

— Oui, mais non. Et puis, ça ferait du bien à ce pauvre chien qui est obligé de rester enfermé toute la journée, vous ne croyez pas ? Il va finir par dépérir si vous continuez à le séquestrer ainsi…

Mojito me lance un regard implorant qui me fait culpabiliser aussitôt.

— Vous croyez ? C'est vrai qu'il sera mieux avec vous, dans votre grand jardin, plutôt qu'entre mes quatre murs. Mais vous ferez attention, il a une furieuse tendance à s'échapper, comme vous avez pu le constater.

— Ne vous inquiétez pas, Lola. Je veillerai sur lui comme sur des cookies dans le four.

15

TU ES VRAIMENT RÉPUGNANT, MON PAUVRE AMI

MOJITO

Je n'ai pas dormi de la nuit. Et ce ne sont pas les ronflements de Lola qui m'en ont empêché. C'est plutôt une douleur au cœur de mon bidon, la douleur de la peur. Aussi, quand Lola m'a réveillé en passant l'aspirateur au petit matin, j'ai bien eu envie d'arracher le fil électrique avec mes dents. Au lieu de ça, j'ai mangé les biscuits Nonoss, les seuls qui apaisent les angoisses des chiens, c'est la publicité qui le dit. J'en ai mangé tellement qu'à présent, je me sens plus détendu, mais j'ai encore plus mal au ventre.

Elle met la musique à fond, tandis qu'elle passe la serpillière. Je me réfugie dans sa chambre dont elle a laissé les fenêtres ouvertes.

— Yo, man ! grésille une voix nasillarde qui me fait sursauter.

— Pour l'amour du ciel, tu m'as fait une de ces peurs, Maurice ! Qu'est-ce que tu fiches ici ?

— Je viens aux news. J'ai vu que la sorcière était venue chez toi hier soir. Elle voulait te balancer à Lola et lui dire que tu t'étais encore enfui ?

— Non, pire que ça ! Tu ne devineras jamais…

— Bah non, si tu ne craches pas le morceau, je ne risque pas de deviner ! Je ne suis pas Messmer, moi !

Je ne sais pas qui est cet individu, mais je préfère ne pas relever.

— Elle a demandé l'autorisation à Lola de me prendre chez elle pendant une journée entière !

— Cool ! Tu vas encore te gaver le bidon, mon cochon !

— Je ne crois pas, pas cette fois. Si tu avais vu son regard, sa bouche tordue et son odeur de fourberie, tu te serais aperçu qu'elle mentait… Enfin, je ne suis pas sûr que toi, tu l'aurais vu avec tes yeux qui cherchent l'est et l'ouest en même temps, mais pour moi, c'était évident.

— Mais pourquoi tu crois qu'elle ment, la vieille ?

— Je ne sais pas, mais ça craint du boudin…

— Du boudin ? Où ça ?

Je soupire, les oreilles basses.

— Laisse tomber, tu es bête à manger du foin ! marmonné-je dans mes babines pour qu'il ne m'entende pas. Raté.

— Non, merci, j'aime pas ça. Et je ne laisserai pas tomber. Mais toi, on dirait bien que t'as les jetons, Momo !

— Pas du tout ! Mais imagine qu'elle m'en veuille personnellement de l'avoir empêchée de rejoindre son défunt mari, et qu'elle ait prévu de se venger en me pendant dans son garage…

— T'es en plein mytho, mec ! T'as fumé du foin ou quoi ? Elle a dit qu'elle voulait faire sécher des fleurs… Et d'après Elvis, tout est Okaaaaaay ! Elle va mieux.

— Tu m'excuseras de douter de la perspicacité de ce volatile hystérique.

— La perspi… quoi ? Je ne comprends rien quand tu parles, Momo.

— Hum, bienvenue au club. Trêve de bavardage, nous devons faire vite !

— Comment ça, « nous » ? rétorque-t-il.

— Parfaitement. Tu as commencé cette mission avec moi et tu la finiras avec moi. Un agent spécial ne quitte pas le navire quand la mer se déchaîne.

— Hein ? La mère de qui ?

— Tu vas venir avec moi chez Madeleine.

— Même pas en rêve.

— Tu préfères que j'aille raconter à Miss Lilie que tu n'es qu'un lâche qui abandonne ses camarades dans les moments critiques ?

— Oh, t'abuses, Momo ! Je suis sur le point de conclure ! fanfaronne-t-il.

— Eh bien, mon ami, tu concluras plus tard, si la chance et le saint des causes perdues t'ont à la bonne. En attendant, tu viens avec moi et tu me couvres. Si je me retrouve en danger, tu files chercher du secours. C'est bien compris, Maurice ?

— Bah ouais, tu me prends pour une quiche ou quoi ?

À ce moment-là, Maurice se met à tousser et à tousser de plus belle. Ses yeux partent tous azimuts, sa langue pend jusqu'au sol et son corps se tord sur lui-même, dans un grognement effrayant. Je recule, craignant qu'il ne se transforme en zombie. Mais il finit par se calmer et crache une bombe puante et poilue sur le lit de Lola.

— Pouah ! Tu es vraiment répugnant, mon pauvre ami.

— Peut-être. Mais je suis ton seul espoir de rester en vie. Alors, calmos ! Un peu de respect pour môssieur Maurice, Okaaaaay ?

16

DIANTRE, FAUT-IL QUE JE SOIS MOTIVÉE POUR FAIRE ÇA…

MADELEINE

C'est le grand jour. Lola m'a déposé Tortillo en me recommandant d'en prendre soin comme si c'était la prunelle de mes yeux. Ah, ça, elle peut être tranquille, la petite, il va en prendre plein les yeux, le clebs. Pour le moment, il attend avec moi l'arrivée d'Odette et Elvis devant le portail. Il semble en pleine conversation avec son copain Le-chat-qui-pue qui tourne autour de la porte de mon garage comme un vautour. Il a sans doute senti le parfum du Serrano. Heureusement, elle est bien fermée.

— Madeleine, elle est vilaiiiiiiiine !

Je tourne ma tête vers l'auteur de cette attaque verbale et aperçois le perroquet démoniaque juché sur l'épaule de mon amie. Pour la discrétion, on repassera…

— Ça va ? Tu te sens prête ? me demande-t-elle en arrivant devant moi.

— Oh que oui ! J'ai préparé tout un stock de Nonoss et j'ai des idées en pagaille !

— Fantastique. Le taxi arrive à quelle heure ?

— Il ne devrait pas tarder.

À peine ai-je fini ma phrase qu'une voiture grise se gare dans la rue. Je m'approche du chauffeur en tirant Bobino par sa laisse.

— Vous ne m'aviez pas dit que vous aviez un animal ! me salue aimablement le chauffeur en ouvrant la portière arrière.

— Eh bien si, voyez-vous, je lui réponds sur le même ton, et on en a même deux ! ajouté-je en lui montrant Elvis du doigt.

— C'est hors de question, je ne prends pas les animaux en voiture. La dernière fois, j'en ai eu pour cent balles de nettoyage.

— C'est parce que ces animaux étaient mal élevés. Les nôtres, c'est la crème de la crème, vous pouvez me croire. Et puis, au prix où je vous paie, vous n'allez pas faire la fine bouche. Allez, en route, mauvaise troupe !

Odette, Elvis, Pedro et moi grimpons à l'arrière de la voiture et je tends au chauffeur un bout de papier sur lequel j'ai griffonné l'adresse.

— Et que ça saute, Robert !

— Je ne m'appelle pas Robert, me rétorque-t-il, en mettant le contact.

— Ah oui ? Peu importe. Dites-moi Robert, c'est quoi cette odeur pestilentielle dans votre voiture ?

— Je vous retourne la question, Mamie, ça sentait très bon avant que vous ne montiez…

— Je ne m'appelle pas « Mamie ».

— Ah bon ? Peu importe, fait-il en tournant à gauche.

Quel goujat ! Traiter ainsi une pauvre vieille dame... Il n'y a plus de respect. Tout à coup, j'avise la queue qui dépasse sous le siège passager. Une queue de chat. Le-Chat-qui-pue. Tout s'explique. Mais qu'est-ce qu'on va faire de lui ? Il risque de faire capoter notre plan ! J'interroge Odette du regard et elle me chuchote :

— Plus on est de fous, plus on rit.

Elle n'a pas tort. Cette plaie de chat pourrait bien nous être utile, finalement. Plus on approche de notre destination, plus mon cœur s'emballe. Et si on échouait ? Odette doit lire dans mes pensées, car elle attrape ma main et la serre en me souriant. Notre ménagerie se tient tranquille, mais je remarque que le chien n'a pas l'air en forme. Au moment où le taxi se gare, Vomito vomit sur le tapis de sol. Nous nous empressons de descendre, sans le mentionner à notre aimable chauffeur.

— Allez, salut, Robert ! Et ne vous en faites pas pour le retour, on se débrouille ! lui lancé-je, tandis qu'il démarre en trombe.

Devant nous se dresse une grande pancarte « *La Maison des Lilas, lieu de villégiature pour séniors* ». Traduisez « *Lieu de fin de fin de vie se faisant passer pour une résidence de vacances destinées aux vieux schnocks décrépis* ».

— Vous êtes prêts, les amis ? demande Odette. Vous vous rappelez les consignes ? Alors, allons-y !

Dans la voiture, Odette a expliqué tout un tas de trucs aux animaux, persuadée qu'ils la comprenaient. Je n'ai rien dit, mais je crois que cette pauvre Odette commence à yoyoter de la cafetière. Nous franchissons le portail en fer forgé et nous nous engageons sur le sentier gravillonné qui mène à une grande bâtisse au crépi rose. Devant l'entrée, deux buis en forme de serpentin ont été recouverts de guirlandes. J'ai déjà la nausée.

Je laisse mes acolytes à l'extérieur et j'entre dans le hall d'entrée, lui aussi décoré façon bûche de Noël. Dans un coin, un haut-parleur diffuse *Let it snow* de Sinatra. Je prends sur moi pour ne pas grimacer et je me présente à la jeune fille aux faux cils assise derrière son bureau. Je lui explique que je viens visiter le centre dans lequel je dois emménager la semaine prochaine.

— Oh, quelle merveilleuse idée, Madame Leclerc ! Vous avez bien fait ! Mais vous auriez dû nous prévenir pour que Monsieur le Directeur puisse vous accueillir. Je crains qu'il ne soit en réunion, présentement.

Présentement ? Qui dit encore ça, de nos jours ? Ah ça, ils lui ont bien bourré le crâne, à la gamine.

— Ce n'est pas grave, je vais me débrouiller, je suis peut-être vieille, mais pas encore sénile. Au fait, je voulais vous prévenir d'une petite modification à apporter à mon dossier. Je ne viendrai pas seule.

— Ah oui ? Avec Monsieur votre époux, peut-être ?

— Non, je viens avec mon chien, Zébulon, j'ajoute tandis que la saucisse sur patte fait son entrée, dans un minutage parfait.

— Merveilleux ! Nous avons un étage réservé aux personnes qui ont un chien. Zébulon sera le bienvenu, m'assure-t-elle, la voix dégoulinante de miel.

— Ah oui ? fais-je un peu déçue par sa réaction. Et il y a autre chose. Je voudrais emménager avec mon amie Odette.

À ce moment, Odette passe la porte et me rejoint en tenant une caisse à la main.

— Oh, vous voulez vous installer ici, également, Madame ? C'est merveilleux ! Il nous reste encore un fabuleux appartement au deuxième qui devrait vous plaire. Le loyer est plus que raisonnable compte tenu des prestations de notre établissement. Tenez, voici le dossier d'inscription.

— Vous ne m'avez pas bien comprise, jeune fille, Odette va emménager avec moi, dans *mon* appartement.

— Ah ? Je dois en aviser Monsieur le Directeur dans ce cas, précise-t-elle avec une pointe d'angoisse en décrochant son téléphone.

Une minute plus tard, le directeur, qui n'est finalement plus en réunion, se pointe, tout sourire. Faux cils lui explique la situation et son sourire s'élargit.

— Madame Leclerc et Madame Odette, je suis absolument ravi de vous rencontrer. Puisque vous souhaitez cohabiter, je peux vous proposer notre résidence Nirvânâ, dans l'aile ouest. Elle communique directement avec notre restaurant et notre spâ, déblatère-t-il en accentuant les « a ».

— Les animaux y sont-ils admis ? demande Odette.

— Oh oui ! Bien sûr ! Vous avez un petit chien, vous aussi ? demande le directeur en désignant la caisse.

Odette ouvre la caisse et prend Elvis sur son doigt qui se met à battre les ailes comme un vautour. Quant au Chat-qui-pue, il saute sur le comptoir et commence à cracher sur Faux cils.

— Ils déjeuneront avec nous au restaurant, le prévient Odette. Je ne peux pas manger s'ils ne sont pas à côté de moi. D'ailleurs, ils me suivent partout où je vais.

— Ah, eh bien, voilà qui est inhabituel, admet le directeur. Mais je suis sûr que nous allons trouver un arrangement.

— Bon, on ne va pas y passer la nuit ! On peut visiter maintenant ? demandé-je de mon air le plus aimable.

Le directeur sourcille et acquiesce en marmonnant « *Suivez-moi* », sous le regard ahuri de Faux cils qui en perd un au passage.

Nous entrons dans la première salle, et je n'en crois pas mes yeux. Une dizaine de lutins du père Noël en retraite sont assis autour de tables, en pleine partie de cartes. Ils portent tous des bonnets rouges au pompon blanc et une mémé dodeline de la tête en chantant atrocement mal les paroles de *Vive le vent* sur les notes de *Douce nuit* qui dégoulinent de l'enceinte. En nous voyant passer devant eux, ils lèvent la tête et nous sourient de toutes leurs dents absentes, comme s'ils étaient sous amphétamines. Les trois poils de mes bras se dressent devant tant d'horreur. Je fais un clin d'œil à Elvis. Celui-ci s'échappe du bras d'Odette, s'envole vers l'un des petits vieux et lui chipe son bonnet en criant « *Au voleuuuuur ! Au voleuuuuur !* » Le petit vieux s'affole et se redresse en essayant de se protéger du battement d'ailes du perroquet.

— Ah ! Mon cœur, s'écrie-t-il, en se tenant la poitrine.

Odette rappelle son volatile qui revient se percher sur son épaule. Elle le sermonne pour la forme et rend le bonnet au vieux qui le récupère en râlant. Son cœur semble aller beaucoup mieux, tout d'un coup. Le directeur blêmit, mais ne moufte pas. Il nous précède le long des couloirs et Zébulon passe devant lui, en lâchant les petites perles odorantes et bruyantes dont il a le secret. Le directeur sort un mouchoir de sa poche et le place devant son nez, imperturbable. Il doit vraiment tenir à ce que notre fric entre dans sa caisse…

Il nous montre ensuite ce qu'il appelle son restaurant, qui n'est en réalité qu'une pauvre cafétéria qui sent le désinfectant et qui se donne de grands airs avec ses fauteuils en velours rouges. Il nous explique que son

« chef » prépare des menus gastronomiques, adaptés aux goûts et au régime de chacun des résidents.

— Ne vous bilez pas. Moi, je ne mange que de la bouillie pour chien et Odette ne se nourrit que de cookies cramés.

— Ah oui ? C'est original, mais pourquoi pas, après tout. Bien, je vous propose de visiter notre spâ à présent.

Au bout d'un long couloir, il nous ouvre une porte qui donne sur une salle surchauffée abritant un pauvre bassin bouillonnant, dans lequel barbotent des petites vieilles affublées d'horribles bonnets verts en caoutchouc.

— On dirait des brocoliiiiiiis, s'exclame Elvis, en totale improvisation.

Je me mords l'intérieur des joues pour ne pas éclater de rire. Les brocolis ronchonnent, le directeur sourcille, mais enchaîne avec la raideur de celui qui a un manche à balai mal placé.

— Le bassin est rempli d'une eau minéralisée qui descend directement des volcans d'Auvergne et qui est considérée comme un véritable élixir de jouvence. Elle coûte une petite fortune, ajoute le directeur avec un petit rire snob, visiblement très fier de lui.

Non, mais ce qu'il ne faut pas entendre comme conneries ! C'est le moment. Je donne un Nonoss à Zébulon. Il l'avale tout rond, mais ne passe pas à l'action comme prévu. Il me lance un regard de chien battu et part se cacher sous la jupe d'Odette. Le traître ! Le-Chat-qui-pue passe devant lui, renifle l'eau qui vaut de l'or, se retourne, et y vide le contenu de ses intestins dans un miaulement affreux. Le directeur en pousse un autre et son visage vire au cramoisi.

— Oh mon Dieu ! Oh mon Dieu ! Mais c'est terrible ! Évacuez le bassin, crie-t-il aux brocolis flétris. Vite !

L'eau est devenue toxique ! Nous allons devoir vider intégralement le bassin et le nettoyer. C'est dramatique !

Je crois qu'il va se mettre à pleurnicher comme un gamin, mais il se retourne vers nous, les yeux exorbités.

— Mais vous lui donnez quoi à bouffer, à votre chat ? Il pue autant de la gueule que du cul, ma parole ! éructe-t-il sans plus aucune trace de son accent pincé.

Nous ne lui répondons pas, trop occupées que nous sommes à rire comme des baleines. Même le chat a l'air de se bidonner. Elvis en rajoute une couche.

— C'est pourrrrrri iciiiiiiiiii !

Le directeur court de droite à gauche, donne des directives au surveillant de baignade, passe des coups de fil, tandis que je récompense les animaux pour leur aide. Zébulon également, même s'il a failli à sa mission.

Dix minutes plus tard, le directeur nous rejoint en s'essuyant le front et en tentant de recouvrer son calme.

— Bien, où en étions-nous ?

— Vous disiez que mon chât adoré puait autant de la gueule que du cul… susurre Odette.

— Oui, bon, je me suis sans doute quelque peu emporté. Veuillez m'en excuser, chère Mâdâme. Bien, je vais vous montrer votre résidence, à présent.

Alors que nous le suivons, j'adresse un regard perplexe à Odette. Notre plan n'a pas l'air de fonctionner aussi bien que nous l'espérions. Il est du genre coriace, le directeur. Mais nous n'avons pas dit notre dernier mot. En chemin, il croise un groupe d'une dizaine de vieux lutins auxquels il propose de nous accompagner vers notre « *nouvelle demeure* », pour que ce soit « *plus convivial* ». Traduisez « *dernière demeure* » et « *plus glauque* ». Nous entrons tous dans la maison et découvrons la première chambre qui donne sur le parc arboré. Le lit est recouvert d'une courtepointe ivoire, en soie sauvage. Le Chat-qui-pue saute dessus et commence à se faire les griffes. Le directeur pousse de grands cris et le chat s'arrête net. Il se met à tousser et à cracher, jusqu'à ce qu'une boule puante et glaireuse s'écrase sur le couvre-lit.

— Oh, voilà, vous avez gagné ! s'écrie Odette. Quand mon chat se sent stressé, il crache des boulettes. Pauvre minou, viens dans mes bras.

Le directeur prend une grande inspiration et garde la face devant les autres résidents qui continuent à nous suivre comme des toutous. Quand nous arrivons dans la seconde chambre, il nous demande avec un sourire crispé comment nous allons nous les répartir. J'attends que tous les lutins soient réunis autour de lui pour répondre.

— Nous n'aurons besoin que d'une seule chambre, dis-je. Je vous ai dit qu'Odette était mon amie.

Voilà, c'est maintenant. Diantre, faut-il que je sois motivée pour faire ça… Je m'approche d'Odette et l'embrasse timidement sur la bouche, conformément à notre plan. Mais mon amie décide d'aller plus loin et m'embrasse carrément, me serre contre elle et me malaxe le sein gauche. Je suis partagée entre la surprise, le dégoût et une irrésistible envie d'éclater de rire.

— Mesdames, un peu de tenue, enfin ! s'égosille le directeur, sous les exclamations de consternation des lutins culs bénis et les rires graveleux de deux papis lubriques.

— C'est l'amouuuuur, renchérit Elvis, dont la voix est en partie couverte par le son de mitraillette qu'émet Zébulon avec son arrière-train.

Deux minutes plus tard, nous nous retrouvons dehors, escortés par le directeur en état de choc qui répète en boucle « *Je n'ai jamais vu ça, en trente ans de carrière, ah non, jamais !* ».

— Mais vous ne m'avez pas donné le dossier d'inscription ! lui rappelle Odette.

— Ça ne va pas être possible ! Allez chercher un lupanar ailleurs ! C'est une maison respectable ici. Tirez-vous d'ici avant que j'appelle les flics.

— Roh, quel grossier personnage ! lui répond Odette en essayant de garder son sérieux.

Nous avançons jusqu'au coin de la rue et éclatons de rire si fort qu'Odette s'écrie « *J'ai fait dans ma culotte !* ».

17

La bave du chat qui pue n'atteint pas l'agent Mojito

Mojito

— Je n'en reviens toujours pas. J'ose à peine imaginer ce qu'on a pensé de nous… maugréé-je en traînant les pattes, la truffe basse.

— Ça va, fais pas ta mijaurée ! C'était du délire, mon pote, réplique Maurice en frétillant de la queue, le regard brillant d'excitation.

— Je persiste à croire qu'il y avait d'autres méthodes, plus élégantes… répliqué-je en levant le museau avec dignité.

— Peut-être, mais on ne se serait pas autant marrés.

— Quand je repense à ce que j'ai fait… Quel déshonneur !

Je pousse un petit couinement pitoyable et plaque mes pattes sur mes yeux. Si seulement je pouvais effacer cette aventure calamiteuse de ma mémoire…

— Dis plutôt ce que *j'ai* fait, moi ! Toi, tu t'es débiné au dernier moment ! grogne Maurice en me jetant un regard accusateur.

— Je ne pouvais quand même pas... déféquer dans cette piscine devant tout le monde ! m'insurgé-je, la voix étranglée. J'ai des principes et une éducation, moi, Monsieur ! Je suis un sujet de Sa Majesté, je te le rappelle.

Je bombe le poitrail, l'air outré.

— Tu parles ! Un dégonflé, oui ! ricane-t-il en secouant la tête.

— La bave du chat qui pue n'atteint pas l'agent Mojito.

Je redresse la tête dignement.

— Allez, avoue que c'était fendard ! insiste-t-il, les babines retroussées par un sourire de travers.

— Hum... Je conviens que c'était plus divertissant que de rester à la maison toute la journée. Et puis, j'avoue que je préfère voir Madeleine sourire.

— Ah ça, glousse Maurice en remuant les oreilles, elles s'en sont payé une tranche, les mémés flingueuses !

— Tu crois que Madeleine ne pensera plus à se pendre ? demandé-je à voix basse, en fixant le sol, soudain grave.

— Je veux mon neveu ! me répond-il en se léchant distraitement la patte avant gauche.

Je le regarde, suspicieux. Quelque chose cloche. Mon flair ne me trompe jamais. Une odeur étrange, un arrière-goût de mensonge flotte dans l'air, mêlé à celui des crevettes du déjeuner.

— Maurice, mon petit coussinet me dit que tu me caches quelque chose.

— Tu diras à ton coussinet qu'il est bidon comme indic.

Il lève un sourcil, ou ce qui en tient lieu.

— Maurice !

Mon ton se fait plus ferme.

— Oh, ça va ! Tu vas encore en faire tout un pâté ! s'exclame-t-il en se relevant lentement. Dans le taxi, môssieur l'agent secret s'est endormi.

— Endormi ? m'étranglé-je. C'est excessif ! Je méditais sur cette journée rocambolesque, figure-toi.

— OK, tu méditais en ronflant, alors. C'est sans doute ce qui t'a empêché d'entendre la conversation des mamies.

— Peut-être. Et alors ?

Je le fixe, soudain plus inquiet.

— Madeleine ne pouvait plus s'arrêter de rire. Et elle a dit à Odette qu'elle ne s'était pas autant amusée depuis des centaines d'années.

— Elle est si vieille que ça ? murmuré-je, interloqué.

— Apparemment.

Il hausse les épaules et s'étire nonchalamment.

— Elle a ajouté que sa vie serait bien plus vivable si elle pouvait vivre d'autres aventures de ce genre.

— Oui, bon, ça n'a rien d'extraordinaire. C'est toi qui en fais tout un pâté pour rien ! répliqué-je en levant les yeux au ciel.

— Attends !

Il se redresse d'un coup, soudain plus sérieux.

— Odette lui a répondu que ça lui donnait une idée. Et elle a chuchoté un truc à l'oreille de Madeleine, qui a répondu : « Tu veux me faire la peau ? »

— Elle a vraiment dit « me faire la peau » ?

Je penche la tête, un frisson dans la nuque.

— Ouais, j'crois, marmonne Maurice avant de détourner le regard pour suivre une mouche d'un œil distrait.

— Pourquoi Odette voudrait-elle occire son amie ? Ça n'a pas de sens…

— Les humains sont chelous, tu devrais le savoir ! affirme-t-il en haussant une patte d'un air fataliste.

Un coup, ils s'aiment, et une minute après, ils se détestent. C'est comme ça, mon pote ! Faut pas chercher à comprendre.

— Hum… marmonné-je songeur, le regard perdu dans le vide. Tout ça ne me dit rien qui vaille, mon ami. Je crains que notre mission « sauvetage » ne soit pas encore terminée…

18

Comme un orignal bourré

Lola

Je ne sais pas ce que Madeleine et Mojito ont fabriqué hier, mais ils semblaient aussi épuisés l'un que l'autre. Pourtant, malgré sa fatigue, j'ai décelé une étincelle de joie dans les yeux de ma voisine, comme si ce dog-sitting lui avait fait un bien fou.

Aujourd'hui, la boutique est fermée. J'en profite pour rattraper mon retard en rangement, lessive, shopping et paperasse. Quel merveilleux programme !

Pendant que je fais mes courses, Clara m'appelle. Sans regarder qui c'est, je décroche.

— Salut, ma jolie ! lance-t-elle.

Son ton léger me fait sourire malgré moi.

— Comment vas-tu ?

— Je m'éclate comme une petite folle entre un paquet de lessive et de la litière pour chats, plaisanté-je.

— Exaltant, en effet ! Et au boulot ?

— Ça va…

Elle ne lâche pas :

— Tu n'avais pas un souci avec un fournisseur à régler ?

Je me fige au milieu des soupes en boîte, surprise qu'elle se souvienne de ce détail échappé d'une conversation arrosée au Havana Club. La plupart du temps, je crois que ce que je dis n'intéresse personne. Après tout, qu'ai-je d'intéressant ? Une vie banale, un physique passe-partout, un boulot ennuyeux… Pour faire illusion, je colle un sourire de façade sur mon visage et esquive les questions personnelles. Peu de gens ont eu la curiosité de gratter ce vernis. Peut-être que Clara en fera partie.

— Lola ? Tu es toujours là ? s'inquiète-t-elle.

— Oui, pardon… Je suis juste touchée que tu t'en souviennes.

Je sens une larme poindre. Je lui raconte l'histoire de ce fournisseur infernal et de son impact sur mon moral. Clara écoute sans m'interrompre. Ce silence bienveillant me donne envie de tout lui dire.

— Et toi ? finis-je par demander.

— Pas grand-chose. Journée morose au bureau. Je suis entourée de collègues râleurs compulsifs ou psychorigides, alors dès que je souris, on me prend pour une alien. Tu ne voudrais pas venir bosser avec moi ? On rigolerait bien !

— Hum, ta description ne me vend pas du rêve, mais cela n'a rien à voir avec toi, évidemment !

Son rire cristallin me fait du bien.

— Ouf ! Pour te faire pardonner, tu es obligée d'accepter une invitation au resto demain soir.

— Vraiment ? Et sinon ?

— Sinon, c'est moi qui vais devenir une râleuse compulsive et pourrir l'ambiance de nos cours de naturopathie.

Je souris. Notre conversation m'a plongée dans un tel cocon de douceur et de bienveillance que je n'ai pas envie de refuser.

— OK.

— Génial ! Je t'envoie l'adresse !

— Tiptop ! rétorqué-je… avant de m'étrangler intérieurement.

Tiptop ? Sérieusement ?

Je raccroche, tout en me demandant s'il s'agit d'un rendez-vous dans le genre romantique ou juste d'un plan resto entre copines. Je préfère la deuxième option, même si le fait de me sentir appréciée, pour ne pas dire courtisée, fait virevolter de drôles de papillons dans mon cœur.

C'est sur ces pensées que j'ouvre la porte d'une boutique de vêtements luxueux, une première. Grâce à des mois de restrictions gastronomiques, je peux enfin me faire un petit plaisir. Le lustre en cristal, les tapis épais, les vendeuses parfaites au sourire crispé : tout semble crier « T'es pas à ta place ici ». Le prix d'une simple écharpe suffirait à donner une attaque à mon banquier. Je m'aventure vers des pulls en laine fine.

— Bonjour madame, et bienvenue chez Constance Maturin. Vous cherchez une pièce à offrir, peut-être ? me demande l'une des vendeuses d'une voix pincée, tout en fronçant le nez et en me toisant de son mètre quatre-vingt.

Elle ne peut pas dire « vêtement » comme tout le monde ? Une pièce, ça me fait penser à un bidule mécanique, comme quand Gérard, mon garagiste, m'affirme qu'il faut changer des pièces dans le moteur alors que je suis venue pour regonfler les pneus.

— Non, c'est pour moi, rétorqué-je avec le même ton guindé.

La vendeuse, aussi froide qu'une porte de frigo, hausse un sourcil.

— Oh, vous cherchez un pull pour homme ?

Je me rends compte que je suis au rayon « Hommes ».

Gênée, je bafouille une histoire de « petit ami ». Bravo, Lola. Je ne sais plus où me mettre, mais je n'ai pas l'intention de me laisser intimider par une gamine mal élevée.

— Montrez-moi donc vos… robes, s'il vous plaît.

— Bien sûr ! En quelle taille ? me demande-t-elle en s'approchant du bon rayon.

Je réfléchis un instant. Comme tout mammifère qui se respecte en hiver, j'ai effectué quelques réserves adipeuses qui disparaîtront au printemps. Pourtant, plus les années passent, plus elles s'installent, sans doute en rapport avec le fait qu'il n'y a plus d'saison, ma brave dame.

— Un 38, rétorqué-je d'une voix hésitante.

Elle me toise.

— Votre morphologie correspond plutôt à un 42, chez nous. Il faudrait l'importer d'Allemagne…

Le mépris dans sa voix me fait l'effet d'une gifle. Inspirant profondément, je réponds :

— Ne vous donnez pas cette peine. Vos robes sont peut-être chic, mais aussi triste qu'un jambon-beurre sans cornichon. Aucune couleur, aucun motif, juste du gris, du beige et du noir, cette uniformisation est désespérante. Vous devriez essayer la couleur, mademoiselle. La couleur, c'est la vie !

La vendeuse reste bouche bée. Moi, je file sans demander mon reste.

J'ai envie de hurler ! Cette gamine représente tout ce que je déteste : l'arrogance, le mépris, l'intolérance. Tout ce dont j'ai souffert pendant mon adolescence. Mon image de petite boulotte aux dents de travers et à la peau boutonneuse m'attirait les moqueries des filles et des garçons. Ma mère ne voyait rien, répétant que j'étais « la plus jolie des princesses ». Heureusement, Estelle était là. Nous avons appris à riposter par l'humour. Cette technique m'a sauvée, mais parfois, il suffit d'une remarque pour que mon ancienne cicatrice saigne à nouveau. Si les gens savaient que leurs mots restent gravés à jamais dans la chair de ceux qui les reçoivent comme autant de coups de poignards, peut-être réfléchiraient-ils davantage avant d'ouvrir leur bouche pleine de venin...

J'avance en râlant vers ma voiture quand une vitrine colorée attire mon regard :

« *Si la vie ne vous sourit pas, souriez-lui grâce au soin Paradisiaque Prodigieux.* »

Sans réfléchir, je pousse la porte et demande à une dame souriante si elle a de la disponibilité aujourd'hui.

— Tout de suite, ça vous convient ? me répond-elle.

J'acquiesce, trop heureuse. Elle me conduit dans une cabine à la décoration zen, éclairée à la bougie. Elle m'invite à retirer mes vêtements et à faire autre chose que je ne comprends pas. Je ne lui demande pas de répéter. Je me suis fait masser suffisamment souvent pour connaître le protocole. On se déshabille et on s'allonge sur la table de massage. C'est donc ce que je fais tout en me demandant si la personne qui me massera sera une masseuse sympathique ou un sosie de Chris Hemsworth. Je vote pour la seconde option. Raté. L'homme qui entre est un monsieur de petite taille, aux yeux bridés et au visage parcheminé. En me voyant en petite culotte, il pousse un grand cri, visiblement outré.

— Vous mettre pyjama ! m'ordonne-t-il en se retournant.

Un pyjama ? Mais on est où là ? Dans un bar à sieste ? Il m'indique un bout de tissu sombre posé sur la chaise. En me demandant de quelle sorte de massage il s'agit, j'enfile l'ensemble pantalon-tunique prestement et me rallonge sur la table. L'homme se retourne enfin, le visage impassible, comme si de rien n'était. Il se rapproche de moi et place son pouce et son index autour de mon petit orteil droit. Drôle d'entrée en matière… J'attends qu'il passe à la suite, mais il reste là pendant un temps infini, mon orteil entre ses doigts. Qu'est-ce qu'il fabrique à la fin ? Serait-il un fétichiste des pieds ? Au moment où je m'apprête à lui balancer « Bon, ça va, on peut passer à la suite, maintenant ? », il murmure un truc incompréhensible en grognant. Puis il enchaîne sur des sons gutturaux semblant provenir tout droit du fin fond des enfers. Je me raidis instantanément. Suis-je l'innocente victime d'un rite satanique ? Il tapote mon épaule, je sursaute. D'un geste, il me fait comprendre que je dois me retourner. Je m'exécute sans broncher. Les yeux clos, il place alors ses deux mains à dix centimètres au-dessus de mon ventre en continuant à gronder comme un orignal bourré. Prise de panique, je me redresse sur la table, prête à fuir le plus loin possible. Mais, sans même me jeter un regard, il plaque sa main sur mon épaule et me repousse sans ménagement contre le matelas. Je ne réagis pas, je n'ose plus respirer. Qu'est-ce qui m'a pris de venir ici ? Rien que le nom fumeux de Paradis prodigieux aurait dû me mettre la puce à l'oreille… Il fait aller et venir ses mains, toujours en lévitation au-dessus de mon buste puis il s'arrête net, comme s'il avait heurté une paroi invisible, au niveau de mes côtes. Il empoigne alors un manche imaginaire et tire de toutes ses forces, comme si sa vie en dépendait, tout en éructant bruyamment. J'ai peur ! Je suis tombée sur un exorciste en plein délire ! Il tire plus fort, pousse un cri strident et jette un truc toujours invisible à terre avant de le piétiner. Je m'apprête une fois encore à me relever pour mettre fin à cette mascarade, quand je ressens une étrange sensation au centre de mon plexus solaire. Une chaleur douce et puissante à la fois, une source de lumière, un fourmillement agréable. Il pousse un grand soupir.

— Blocage kaput ! Maintenant, vous libre ! a-t-il proclamé en souriant.

C'est dingue, je me sens… légère. Libérée. Des larmes de bonheur coulent sur mes joues. Moi, l'éternelle angoissée, je ressens enfin un vrai sentiment d'apaisement. Il m'a fallu trente-neuf ans, trois psys, un chien pétomane et un massage psychédélique pour y arriver, mais voilà. Je sais enfin ce qu'est la sérénité.

19

Tu brûleras en enfer !

Madeleine

Ce matin, j'ai ouvert les yeux à huit heures. Une éternité que ça ne m'était plus arrivé. Et pourtant, je n'ai pris aucun somnifère. Je me suis juste allongée sur mon lit et puis… plus rien jusqu'à ce matin. Et chose encore plus étrange, mes douleurs lombaires ont fichu le camp. Bon débarras !

Je suis partagée entre l'envie de me lever et de commencer un bon ménage de printemps (même si nous sommes en décembre) et celle de rester à flâner au lit. Cette deuxième option n'est pas vraiment mon genre. Quand Charles était encore de ce monde, il nous est arrivé de le faire cinq ou six fois, les lendemains de fête, et encore jamais après dix heures. « *Il faut profiter du jour tant qu'on peut le faire !* » répétait-il. Il se levait et revenait dix minutes plus tard dans la chambre en m'apportant mon petit-déjeuner sur un plateau. Il s'allongeait à mes côtés et beurrait mes tartines pendant que je soufflais sur mon thé pour le refroidir. Une fois que j'avais terminé et que je passais sous la douche, il secouait tous les draps, car il savait que je ne supportais pas les miettes dans le lit.

Ces matinées restent gravées dans ma mémoire comme des moments suspendus, des bulles de douceur et de tendresse inestimables. Et pourtant, notre vie de couple a bien failli tourner court. À l'aube de la cinquantaine, Charles s'est posé des questions sur sa vie, notre mariage, notre avenir. Son quotidien devenait plus lourd à porter et son travail de conseiller juridique dans une société d'assurance ne l'intéressait plus autant qu'avant. Il avait besoin de nouveauté, de prendre l'air, d'introduire davantage de bonheur dans sa vie. Mais bien sûr, il ne parvenait pas à le verbaliser de cette façon et se contentait de souffler, de se plaindre, de s'emporter pour rien. Quant à moi, son changement d'attitude m'a effrayée et je vivais dans l'angoisse qu'il me quitte pour une autre, plus jeune et plus belle que moi. Et plus j'étais inquiète, plus je devenais irritable et désagréable, ce qui n'arrangeait évidemment pas notre relation. Nous avons décidé de nous séparer, après une dispute plus virulente que les autres. Charles a mis des chemises et des costumes dans un sac et il a quitté l'appartement au volant de sa Chevrolet. Les enfants étaient à l'école ce jour-là et j'ai passé des heures à pleurer dans la cuisine, assise sur le sol. Quand ils sont rentrés de l'école, je n'avais pas encore trouvé la meilleure façon de leur apprendre que leur père avait quitté le domicile. Je craignais leur réaction, surtout celle de Nadine qui avait toujours voué à son père une admiration sans bornes. Ils ont franchi la porte d'entrée et m'ont trouvée allongée sur le canapé, les yeux rouges et bouffis.

— Les enfants, je dois vous dire quelque chose, leur ai-je annoncé en hoquetant.

Ils se sont assis à côté de moi, l'air inquiet. J'ai alors entendu la porte d'entrée se refermer et le pas de Charles dans le couloir.

— Bonjour, ma chérie, j'ai rapporté du pain et une tarte aux pommes de la boulangerie. Qui en veut ?

Les enfants se sont précipités dans la cuisine pour dévorer leur dessert préféré. Charles m'a prise dans ses bras et m'a murmuré :

— Je ne suis qu'un idiot, mais un idiot qui t'aime. Je te demande pardon, ma petite Madeleine.

Nous nous sommes embrassés et nous avons passé la nuit la plus enivrante de notre mariage. J'en rougis encore, rien que d'y penser.

— Oh, mon Charly, pourquoi a-t-il fallu que tu me laisses toute seule ?

Son portrait, accroché au mur de notre chambre, me sourit sans répondre. Une larme coule sur ma joue et atterrit dans mon cou, comme s'il y avait déposé un bisou.

— Allez, Madeleine, reprends-toi ! me sermonné-je en me levant.

Odette m'a invitée à déjeuner ce midi et j'ai promis de lui apporter une tarte aux pommes pour le dessert. Certaines habitudes ne changent pas…

Le téléphone sonne. C'est Paul. J'hésite à lui répondre, mais après tout, le plus tôt sera le mieux.

— Bonjour Paul ! lui dis-je d'un ton qui se veut enjoué.

— Qu'est-ce que tu as encore fabriqué ? grogne-t-il, sans préambule.

— D'abord, on dit « Bonjour, maman », voire « Bonjour, Madeleine », si vraiment tu es fâché. Je ne t'ai pas élevé comme un vaurien.

— Arrête ton cirque, maman. Je viens de recevoir un appel de Monsieur Dufresne, le directeur de la maison des Lilas. Il a essayé de me faire croire que plus aucun appartement n'était disponible pour toi, qu'il en était affreusement désolé. Il a ajouté qu'il espérait sincèrement que ma mère, son amie et tous leurs animaux trouveraient une solution d'hébergement satisfaisante. Alors, je te le répète : qu'est-ce que tu as encore fabriqué ? Ne me dis pas que tu es allée là-bas toute seule ?

— Non. Pas toute seule. J'y suis allée avec ma meilleure amie Odette. Nous y sommes allées en taxi, comme de grandes personnes. Car figure-toi qu'avant d'être la vieille femme décérébrée que tu crois que je suis devenue, j'étais une adulte responsable qui allait où bon lui semble, qui avait une vie sociale, professionnelle et même une vie sexuelle, si tu veux tout savoir. Et j'avais en plus la bonté de te torcher les fesses ! Il me semble tout à fait légitime de vouloir visiter le lieu où tu comptes m'enfermer jusqu'à mon dernier jour, tu ne trouves pas ?

— Mais…

— Il n'y a pas de « mais », petit insolent !

— Je comprends que tu aies eu envie de visiter la Maison des Lilas avec ta meilleure amie, mais pourquoi y es-tu allée avec des animaux ? Tu as adopté un chat ou un chien ?

— Un chat et un chien. Je me suis dit que ça pourrait compenser l'absence d'affection de mon fils. Bien, tu m'excuseras, mais j'ai un rendez-vous. Au revoir.

— Attends, maman. Si tu ne peux plus aller à *la Maison des Lilas*, nous devons trouver une autre solution. J'en ai discuté avec Samantha et elle accepte que tu viennes t'installer chez nous. Tu pourras emménager dans la dépendance qui jouxte la maison avec la plupart de tes affaires. Tu auras ton indépendance et tout le confort possible. Qu'en penses-tu ?

— Ta femme daigne accepter que j'emménage chez vous ? Comme c'est généreux de sa part. Ça me touche, vraiment !

— Oui, Samantha est adorable, tu sais, mais il faut la connaître. Alors, je peux lui dire que c'est d'accord ?

— Mon chéri... Tu peux dire à ta charmante épouse que j'accepterais de venir vivre dans votre cabanon tout pourri le jour où elle arrivera à sourire sans avoir à tirer sur le coin de ses lèvres. Et que je préfère dormir sous les ponts que dans cette bicoque qui pue le moisi à plein nez. Tu crois qu'elle comprendra le message ou dois-je lui faire livrer un cerveau ?

Il ne répond pas, mais je l'entends respirer bruyamment à l'autre bout du fil. J'y suis allée un peu fort quand même... Je m'apprête à revenir sur mes mots quand il reprend :

— Puisque tu le prends ainsi, je crois que nous n'avons plus rien à nous dire. Nous échangerons désormais par l'intermédiaire du juge des tutelles, jusqu'à ce que je trouve une solution pérenne. Au revoir, maman, ajoute-t-il avant de raccrocher.

Alors, celle-là, je ne l'avais pas vu venir. Paul a de nombreux défauts, mais je dois lui reconnaître une qualité : il sait encaisser. Je peux lui dire tout ce que je pense, et parfois même vertement, il ne se fâche pas ou si peu. Mais aujourd'hui, pour la première fois, j'ai senti dans sa voix une colère froide et je crois qu'il était sérieux. Avec qui vais-je pouvoir me disputer maintenant ? Ça me fait tout drôle...

Quand j'arrive chez Odette, deux heures plus tard, elle est surprise de voir Zébulon dans mes pattes.

— J'ai proposé à Lola de l'emmener en promenade et de le lui ramener dans la soirée. Je lui dois bien ça, au saucisson. Elle était bizarre, la Lola, d'ailleurs.

— Tu ne lui as pas demandé ce qui n'allait pas ?

— Oh non ! J'avais déjà bien assez de soucis comme ça ! Au fait, notre opération « *À bas la Maison des Lilas* » est une réussite. Le directeur ne veut plus entendre parler de nous !

— On a gagné ! s'écrie Odette. Tu dois être soulagée...

— Oui... et non.

Je lui raconte alors ma dispute avec Paul et tout ce qui s'est passé entre nous depuis un an.

— Le petit Paul a bien changé, on dirait. Il n'est plus le gentil garçon qu'il a été, commente Odette. Mais j'imagine que tu ne lui facilites pas la vie, non plus.

— J'en conviens, mais je ne peux pas faire autrement, pas après... ce que tu sais. Je me demande ce qu'il va encore manigancer, soupiré-je.

— Tu le sauras bien assez vite, je le crains. Mais ne t'en fais pas, je suis là maintenant !

Zébulon se met à japper à ce moment-là, comme s'il voulait nous répondre « *Moi aussi, je suis là !* ». Enfin, je reconnais que c'est peu probable, il n'est pas assez intelligent, mais ça m'amuse de le croire.

— Bref, j'ai envie de me changer les idées.

— Génial ! s'écrie Odette. J'ai exactement ce qu'il te faut ! fait-elle en agitant une feuille de papier sous mon nez.

— Oh, par pitié, tu ne vas pas recommencer avec ça ! Je croyais que tu plaisantais...

— Pas du tout ! Un serment est un serment. Tu es obligée de le respecter ou tu brûleras en enfer.

— C'est raté, j'y ai déjà réservé ma place, alors...

— Taratata ! Qui m'a dit que sa vie était triste à mourir et qu'elle voulait s'amuser davantage ? C'est toi, ma vieille ! Voilà une occasion en or pour y remédier. Et puis, c'est l'occasion de faire comprendre à ton fils que tu peux très bien rester vivre seule chez toi parce que non seulement tu as toute ta tête, mais en plus, tu pètes la forme.

— Mais Odette, sois sérieuse ! On avait vingt-cinq ans de moins !

— Et alors ?

Elle déplie sa feuille et l'étale devant moi. Je lis les mots que j'y ai inscrits il y a une éternité, à cette époque où j'étais encore pleine de vie et où je contrôlais mon périnée.

« Liste des choses à faire avant de mourir :

- *sauter en parachute en compagnie de Charles (et d'un séduisant moniteur)*
- *dîner avec Charles dans le plus beau restaurant de Lorient »*

Je replie la feuille avant de lire la suite et lance un regard de défi à mon amie.

— Je ne vois vraiment pas où est le problème, me rétorque-t-elle avec aplomb.

20

C'EST LE SOUK DANS MA TÊTE ET DUNKERQUE DANS MON CŒUR

MOJITO

Je ne suis pas d'un naturel inquiet, mais je dois avouer que Lola me tracasse un tantinet. Quand elle est rentrée de sa virée shopping, elle avait un sourire béat accroché au visage. Je me suis demandé si elle avait rencontré le fantôme de la reine Elisabeth en personne. Elle n'avait acheté aucun vêtement, mais une bonne dizaine de gâteaux à la crème et au chocolat, des macarons de toutes les couleurs et des viennoiseries. Je me suis dit qu'elle préparait un super goûter avec ses amies. J'aime quand mes maîtres invitent leurs copains à manger (quoi que ce soit), car sur eux, mon regard marche à tous les coups et ils finissent toujours par me glisser de la nourriture sous la table.

Mais cette fois, je m'étais trompé. Aucun ami n'est venu partager ce festin... Lola s'est préparé un bol de chocolat chaud, a installé de gros coussins et plein de peluches sur le canapé, avant de poser les gâteaux sur la table basse et de s'enrouler sous un gros plaid. Puis, elle a allumé le lecteur DVD et le générique de *Love Actually, Christmas is all around*, a démarré. Vous vous demandez sans doute d'où je tiens cette phénoménale culture cinématographique ? Eh bien, Estelle regarde ce film cinq ou six fois par an et j'en connais toutes les répliques. Je parviens même à chanter *All I want for Christmas is you* (je n'ai pas tellement de mérite, l'anglais est ma langue natale après tout), mais j'ai comme l'impression subtile que mes talents de chanteur ne sont pas appréciés à leur juste valeur : dès que j'entame le premier couplet, Estelle m'envoie un coussin dans la tête et Lucas me dit que je chante comme un chimpanzé qu'on égorge. Je ne peux pas lui donner tort, je n'ai jamais assisté à l'égorgement d'un chimpanzé, Dieu merci.

Je crois que ce film apaisera Lola qui ne cesse de passer du rire aux larmes, tout en sirotant son chocolat et en descendant la pile de gâteaux tellement vite que je n'ose en réclamer un. Au moment où le nouveau Premier ministre rencontre sa secrétaire « Nathalie-qui-a-merdé-comme-une-conne » (l'une des scènes préférées d'Estelle), Lola me serre contre elle en enfouissant son visage dans mon cou (ou ce qui en fait office, en l'occurrence).

— Je ne sais pas ce que ce type m'a fait, mais c'est le souk dans ma tête et Dunkerque dans mon cœur ! Je ne comprends rien à rien… se lamente-t-elle.

Je tente de profiter de son trouble pour chiper un macaron, mais elle resserre son étreinte en reniflant contre mon bidon. L'heure est grave. Je lui lèche le dos de la main, lui adresse mon regard « T'en-fais-pas-ça-va-aller » et croise mes papattes autour de son cou jusqu'à ce qu'elle arrête de pleurer.

— Ma vie est quand même un sacré bazar, Mojito. Le seul homme que j'aime, et qui me redonne de l'espoir en l'amour et un minimum de confiance en moi, s'en va à dix mille kilomètres, et la première amie que j'arrive à me faire ici me roule une pelle... Qu'est-ce que je vais devenir ? Je ne sais même plus si je suis hétéro ou gay. Je ne sais plus qui je suis. À presque quarante ans, ça craint !

Oh, la pauvre petite. Je n'ose imaginer ce qu'elle doit éprouver. Moi, je sais parfaitement qui je suis et quelle est ma mission sur Terre : vivre, être heureux et rendre les gens heureux. *What else ?*! C'est d'une simplicité canine, mais je crains que cela n'échappe à Léa et j'ignore ce que je peux faire pour lui remonter le moral. Je devrais l'inciter à se changer les idées. Je me souviens alors qu'elle ne pleure jamais quand elle révise ses cours de naturopathie sur son ordinateur. Je lui montre le PC d'un mouvement du museau.

— Quoi ? Qu'est-ce que tu essaies de me faire comprendre ? Que je dois trouver mes réponses sur internet, c'est ça ? Ah, mais oui ! C'est génial ! Tu es un génie, boule de poils !

Oui, je sais, même si je n'apprécie pas spécialement ce surnom qui ne rend pas hommage à mon intellect. Lola se met à pianoter sur son clavier, tandis qu'à la télé, le Premier ministre remue son popotin dans les escaliers du 10, Downing Street. Je me laisse alpaguer par le film et en oublie Lola un instant. Quand je reporte mon attention sur son écran, je constate qu'elle passe en revue des photos d'hommes au sourire sournois. Oh my God ! C'est un site de rencontres. Je le sais parce que Lucas les consultait de temps en temps, le chenapan !

— Eh, regarde, j'ai déjà douze cœurs sur ma photo en moins de dix minutes !

Je sens le danger pointer le bout de son nez. C'est une très mauvaise idée ! Lola cherche peut-être à se rassurer sur son pouvoir de séduction auprès des hommes, mais elle ne doit en aucun cas se lancer dans une histoire qui la laissera à coup sûr encore plus malheureuse qu'elle ne l'est déjà. Je dois agir et vite !

— Oh, c'est fou ! Steeve me propose d'aller boire un verre avec lui, cet après-midi ! Il est drôlement mignon, tu ne trouves pas ? Qu'est-ce que je fais ? J'y vais ou pas ? Ça pourrait être amusant… Allez, j'accepte, on verra bien !

À ce moment-là, je plonge sur le canapé et rue comme étalon en étirant mes pattes arrière, avec grâce et vivacité. En tout cas, c'était l'intention de départ, car le résultat n'est pas à la hauteur de mes attentes. Peu importe, j'ai réussi à envoyer mes papattes dans son bol de chocolat qui s'est renversé sur les touches de son ordinateur. On entend un crépitement et l'écran devient tout noir.

— Oh non ! Oh non ! Je n'y crois pas ! Tu as flingué mon ordinateur ! Il ne marche plus ! Qu'est-ce que je vais faire sans PC, moi ? Heureusement que j'enregistre tous mes dossiers sur le cloud… Mais merde ! Il ne manquait plus que ça !

Et elle se remet à pleurer, en collant cette fois-ci une peluche de Winnie l'Ourson contre elle. Je sens l'odeur salée de sa tristesse. J'ai peut-être fait une boulette, là… Réfléchis, Mojito ! Dehors, la pluie a enfin cessé et le soleil s'infiltre à travers les nuages. Lola a besoin de prendre l'air et d'aller voir la mer.

J'attrape ma laisse et couine devant la porte d'entrée.

— Ne me dis pas que tu as besoin de sortir, là, maintenant ? Mais quelle plaie, ce chien ! Vivement que tu rentres chez toi, parce que depuis que tu es là, ma vie part en cacahuète !

Je ne me formalise pas. Elle est tellement désemparée qu'elle en perd la raison. Qui ne voudrait pas d'un chien tel que moi ? Elle chausse ses baskets, enfile une doudoune et nous sortons de la maison.

— Salut, ma jolie !

Nous nous retournons vers la voix, aussi surpris l'un que l'autre.

— Oh Clara ! Qu'est-ce que tu fais là ?

— Je sais que nous n'avions rendez-vous que ce soir, mais je ne sais pas comment te l'expliquer… J'ai senti que tu ne te sentais pas très bien. Je me suis dit que tu aurais peut-être besoin d'une oreille pour parler et d'une épaule pour pleurer.

— Ah ? Mais non, ça va…

Elle ne parvient pas à finir sa phrase et se remet à pleurer. Clara s'approche d'elle, mais s'arrête net en entendant Madeleine.

— Mais qu'est-ce qu'il se passe ici ? Lola, vous ressemblez à un koala névrosé. Tenez, prenez un mouchoir. Et donnez-moi la laisse de Zébulon, il s'amusera plus avec une vieille schnock comme moi qu'avec une jeune pleurnicheuse comme vous. Allez, à ce soir, les amoureuses !

21

On va tous creveeeeeeer !

Madeleine

— Je ne vois pas où est le problème, répète Odette pour la deuxième fois.

— Ohé, ici La Terre ! Si je te dis « sauter en parachute en compagnie de Charles » ou encore « dîner avec Charles dans le plus beau restaurant de Lorient », tu ne vois pas le léger hic ?

— Tu dis ça parce que Charles n'est plus parmi nous ?

— Bah oui, ma vieille ! Ça me semble un poil compliqué !

— Je te l'accorde, mais tes vœux sont toujours valables. Il suffit de faire preuve de souplesse !

— C'est-à-dire ? Tu veux peut-être que je fasse le grand écart ? Tu me prends pour Pietragalla ? m'insurgé-je.

— Mais non, andouille ! Il faut t'adapter à la nouvelle situation, voilà tout.

— Et comment ?

— Houlà ! Tu n'as vraiment aucune imagination. Laisse-moi faire.

— C'est bien ce que je pensais. Tu es folle à lier. Et moi, encore plus que toi parce que je continue à t'écouter. Mais bon, si c'est le seul moyen pour que mon fils me laisse tranquille… Allez, raconte-moi ton plan à la noix.

— Je ne te dirai rien du tout, sinon tu vas m'agacer avec tes objections. Tu verras bien quand on y sera, d'ailleurs, tu ferais mieux de finir ta tarte aux pommes ou on va être en retard, me sermonne-t-elle.

Ma bouchée a du mal à glisser le long de mon œsophage. Une demi-heure plus tard, Odette, Zébulon et moi descendons dans la rue, laissant Elvis tout seul à la maison et ignorant son couplet favori : « *Elvis va mouriiiiir !* ». Je me demande bien ce qu'elle a encore manigancé… Soudain, Robert-le-taxi se gare devant nous.

— Encore vous ? s'écrie-t-il en nous voyant. Ah non, la dernière fois, vous m'avez salopé la bagnole et j'ai passé des plombes à la nettoyer ! Ça pue encore d'ailleurs.

— Monsieur Robert… essaie de le calmer Odette.

— Pis arrêtez de m'appeler Robert, je m'appelle Gregor, d'abord ! C'est breton…

— Grégor Dabor ? Sérieusement ? dis-je en essayant de rester stoïque. Bien, je vais continuer à vous appeler Robert, sinon vous allez me faire rire et je n'aime pas rire, ça me donne des rides. Robert, pour nous excuser du dérangement, nous doublons le prix de la course.

— Ah oui ? fait Robert Gregor.

— Ah oui ? fait Odette.

— T'inquiète, c'est Paul qui paie. Bon, on y va, Robert ? On se les gèle ici ! Allez, Zébulon, grimpe dans la voiture.

— Je vous jure que si votre clebs dégueule encore dans ma caisse, c'est vous qui la lavez !

— Mais oui, mais oui…

Je n'ai aucune idée de l'endroit où nous nous rendons, car Odette a chuchoté l'adresse à Robert-Gregor Dabor. Celui-ci a levé un sourcil et a dit : « *Vous êtes sûre ?* » Et elle a acquiescé. C'est mal barré, comme disait Charly. Zébulon, qui s'est assis entre nous deux, regarde droit devant lui. Pour l'instant, le contenu de son estomac semble vouloir rester là où il est. Nous finissons par nous arrêter sur une route déserte qui longe un grand champ lui-même flanqué d'un hangar immense.

— En route, mauvaise troupe ! lance Odette en sortant de la voiture, comme un diable de sa boîte.

J'hésite un instant avant de la suivre. Je suis partagée entre l'envie de me glisser dans l'enthousiasme exubérant d'Odette et le maelstrom d'appréhension, d'abattement et de résignation qui tourbillonne en moi. Plus jeune, je n'étais pas du genre à me morfondre pendant des jours quand j'allais mal. Je me dépêchais de me jeter à corps perdu dans le travail ou dans une activité distrayante pour cacher mes sentiments désagréables sous le tapis. Et ça fonctionnait à merveille, même si bien souvent, mon corps me rappelait mon tour de passe-passe à travers des maux et autres dysfonctionnements physiques symptomatiques que je bâillonnais à l'aide de médicaments. Quand Charles m'a quittée, ma stratégie n'a pas fonctionné. Le tapis censé contenir mon chagrin et mes angoisses s'est désintégré et toutes mes émotions m'ont séquestrée et se sont emparées de moi tels des tentacules glacés, m'empêchant d'entreprendre la moindre action susceptible de leurrer mon cœur. Cette situation a duré pendant des mois, m'éloignant de tous ceux que j'aimais, dont mon fils et ma chère Odette. Je suis parvenue à me libérer au moment où j'ai accepté de déposer les armes. J'ai pleuré toute l'eau de mon corps, j'ai hurlé, j'ai cogné et cassé ce qui me tombait sous la main, j'ai écrit des cahiers entiers pour explorer les tréfonds de mon cœur, puis j'ai dormi pendant des jours. Quand je suis enfin sortie de mon lit, j'allais mieux. J'ai ressenti une énergie nouvelle monter en moi, une soif de liberté et de vie que je désirais assouvir plus que tout. Depuis, je fais tout pour rester à flot et ne pas replonger. Alors je décide de dépasser mes craintes et de considérer cette expérience rocambolesque comme une bouée providentielle. Je descends de la voiture avec Pépito et Robert s'enfuit littéralement.

— On est où, là ? demandé-je brusquement à Madeleine pour dissimuler mon trouble.

— Nous sommes à l'aérodrome, ma chérie.

— Non ! Ne me dis pas que je vais sauter en parachute ! m'écrié-je, sentant ma résolution défaillir.

— Bien sûr que non, tu es bien trop vieille pour ça, d'après les moniteurs. Personne n'a voulu prendre ce risque.

— Comme c'est galant de leur part...

— Mais ils m'ont fait une autre proposition qui colle parfaitement avec ton vœu, me confie-t-elle en baissant la voix d'un air de conspiratrice.

— Arrête avec ta tête de suspense ou je vais faire une crise cardiaque.

— Tu vas faire un petit tour en avion.

Je pousse un petit soupir de soulagement.

— Oh, ce n'est que ça ? J'ai déjà pris l'avion plusieurs fois, ça n'a rien de bien terrible...

— Oui, sauf que celui-ci devrait être légèrement plus petit que ceux que tu as déjà pris. Et *cherry on the cake*, tu auras bien un moniteur séduisant et super sexy. J'ai vu sa photo sur l'internet, se réjouit-elle.

— Ah, parce que Madame regarde l'internet, maintenant ? Et comment te dire qu'à mon âge, les hommes sexy, je m'en fiche comme d'une guigne ? J'imagine qu'il n'a pas prévu de me conter fleurette, ton Don Juan ?

— Allez, arrête de râler. On y va !

Nous nous rendons dans le hangar qui abrite quatre mini-avions. On dirait des jouets. Je cherche des yeux celui dans lequel Odette a prévu de me faire monter.

— Bonjour Mesdames ! s'écrie un bonhomme moustachu aux cheveux blancs, faisant sursauter Zébulon.

— Bonjour, monsieur, nous avons rendez-vous avec Pablo, lui explique Odette.

— Pablo a dû s'absenter. Un problème familial. Mais ne vous inquiétez pas, Gilbert est là !

— Ah, et qui est Gilbert ?

— Ben, c'est moi, pardi !

Je le regarde des pieds à la tête, sans essayer de cacher mon dépit.

— C'est vous, mon moniteur sexy ?

— Sexy, je n'en sais rien, mais il y en a encore sous le capot, ma brave dame, vous pouvez me croire !

— Vous avez encore le droit de voler à votre âge ?

— Excusez mon amie, intervient Odette, elle est stressée…

— Mouais, vous ferez moins la mariolle, là-haut.

— Monsieur, j'ai pris la première fois l'avion en 1956. Alors, vous savez…

L'homme ricane et Odette détourne le regard. Je ne suis plus aussi confiante, tout à coup. Même Piccolo se cache derrière une roue d'avion.

— Tenez, enfilez ça, Mamie, me recommande Gilbert en me tendant une infâme combinaison orange et un casque.

— On va faire du karting ou quoi ? Et je vous prie de m'appeler Madame Leclerc, non, mais.

— Madeleine, arrête de ronchonner et enfile cette combinaison, m'ordonne Odette. C'est la procédure. Tu verras, tu vas adorer !

Hum… J'en doute fortement. J'ai une envie féroce de prendre mes jambes à mon cou et de dire ses quatre vérités à ce Gilbert. Ah ça, si mon Charles avait été là, il ne l'aurait pas ramené !

J'enfile cet accoutrement ridicule qui empeste le renfermé par-dessus ma robe et dépose délicatement le casque sur ma tête pour qu'il n'aplatisse pas trop ma mise en plis. Gilbert donne une tape sur mon casque pour l'ajuster et serre une sangle sous mon menton, se moquant apparemment autant de mon volume capillaire que de son déodorant.

— Madeleine, regarde-moi !

Odette me mitraille alors avec son appareil photo, en se retenant de rire. Elle ne perd rien pour attendre. Mes yeux surprennent mon reflet dans une vitre fumée faisant office de cloison : on dirait le Bonhomme Michelin croisé avec Casimir. Même moi, ça me fait sourire.

— Bon, allez, qu'on en finisse au plus vite ! pesté-je. Où est votre Boeing ?

— Juste derrière vous, Princesse, me rétorque-t-il avec une pointe de fierté dans la voix.

Je me retourne et avise l'appareil en question.

— Quoi ? Ce coucou miniature ? Vous plaisantez ?

Crado se met à aboyer autour du pilote et Odette se marre.

— Montez ! m'ordonne-t-il.

Je pousse un soupir résigné. Après tout, il faut bien mourir de quelque chose et cette mort-là en vaut bien une autre. Et puis, je ne veux pas perdre la face devant ce goujat. Je grimpe dans l'avion de Barbie et m'assieds sur le siège, minuscule et dur comme une chaise de torture. Le moustachu s'assied sur le fauteuil avant, chausse ses lunettes de soleil, baisse l'espèce de capot au-dessus de nos têtes et trifouille tout un tas de boutons sur son tableau de bord. Le moteur commence à gronder et toute la carlingue se met à vibrer. Je suis dans une essoreuse à salade !

— Prête ? C'est partiiiiiiii ! s'écrie-t-il avec la gouaille d'un forain surexcité.

— Noooooon !

Il se moque visiblement de ma réponse, car il propulse sa conserve volante à toute vitesse sur la piste. Je serre les mâchoires pour ne pas crier « *Laissez-moi descendre !* ». D'ailleurs, je n'en ai pas le temps, car Monsieur Top Gun appuie plus fort sur le champignon et en dix secondes, nous quittons le plancher des vaches ! Oh mon Dieu, je ne veux pas vous rencontrer si vite !

Je risque un coup d'œil par le hublot. Le hangar est déjà tout petit et je ne vois plus Odette et encore moins Zébulon. Houlà, ça me donne le vertige alors que je ne l'ai jamais eu de ma vie ! Je ferme les yeux et je me concentre sur ma respiration, en attendant que les pommes accueillent ma chute inéluctable. Je sens que la machine volante plane en zigzag, de haut en bas, et chaque descente creuse un trou au niveau de mon estomac.

— Non, mais oh ! Mollo l'asticot ! Vous vous croyez sur des montagnes russes, ma parole !

Je plante mes mains dans les épaules du soi-disant pilote pour qu'il arrête ses idioties, mais rien n'y fait. Alors je me cale au fond de mon fauteuil et j'attends la fin. Pourvu qu'elle soit rapide, par pitié ! Je n'aurais jamais imaginé qu'Odette puisse causer ma mort…

Magnum tente de me parler dans le casque. J'entends des mots, mais ils n'ont aucun sens. Laissez-moi tranquille, je vois la lumière au bout du tunnel… Tout d'un coup, le zinc descend de dix-mille mètres au bas mot !

— Aaaaaaaah ! On va tous creveeeeeeer !

— Ah ! Je suis rassuré, vous n'êtes pas encore morte ! lâche-t-il avant d'éclater de rire.

Gilbert semble content de sa blague, il se tape même sur la cuisse. Quel guignol !

— Regardez sur votre droite.

Je me redresse et jette un œil prudent par la fenêtre. Et là, je la vois. L'île du Cœur. Elle semble flotter au-dessus d'une mer turquoise. Ce n'est pas son vrai nom, mais c'est celui que Charles lui a donné quand il l'a découverte sur un ouvrage de photographies aériennes du Morbihan. Il m'avait promis qu'on la verrait du ciel, nous aussi, un jour. Mais nous n'en avons jamais eu l'occasion.

Moustachu se retourne vers moi et me décroche un sourire éclatant auquel je ne peux m'empêcher de répondre. L'avion fait de grands cercles au-dessus de l'île dont j'admire tous les détails. Elle est encore plus belle que sur la photo, plus lumineuse sous ce soleil de fin d'après-midi et bien plus émouvante. Charles l'aurait adorée.

Je renifle discrètement, mais pas suffisamment apparemment. Gilbert attrape ma main toujours cramponnée à son fauteuil et la serre un instant.

Je crois que mon vœu s'est réalisé, d'une certaine façon : j'ai bien sauté au milieu du ciel (même si c'était à bord d'un avion au lieu d'un parachute), avec Charles (même s'il est présent seulement dans mon cœur au lieu de se tenir à mes côtés) et en compagnie d'un séduisant moniteur (qui, à défaut d'être séduisant et de s'appeler Pablo, s'avère plutôt gentil, finalement).

Un rayon de soleil s'infiltre dans mes yeux et j'ai envie d'y voir un signe de mon Charles. J'essuie une larme sur ma joue et lui adresse un message silencieux : À bientôt, mon chéri.

22

VAS-Y, FAIS-TOI PLAISIR !

LOLA

Clara me propose d'aller marcher sur la plage. Il fait cinq degrés et le ciel est couleur d'huître, mais j'accepte aussitôt, ravie de changer d'air. Depuis mon soin paradisiaque, mes émotions débordent dans tous les sens. C'est libérateur, indéniablement, mais aussi passablement épuisant.

En traversant le centre-ville, je croise Suzanne, ma coiffeuse, promenant son chien déguisé en renne névrosé. Elle me souhaite de « Bonnes Fêtes » d'un air radieux. Allez savoir pourquoi, j'ai envie de lui tirer la langue. Les guirlandes criardes, les chants de Noël sirupeux déversés par les haut-parleurs, les vitrines clinquantes… Tout me saute à la figure. Toutes les familles de la Terre se retrouveront pour fêter la naissance du Petit Jésus et rappeler à tous ceux qui sont seuls qu'ils ont raté leur vie.

Cette année, je serai dans leur camp. Seule. Sans mari, sans enfant, sans parent. À quarante ans. Sommes-nous tous d'accord pour conclure à une vie ratée ? Oui, absolument ! Mes parents, que je n'ai plus vus depuis cinq ans, ont ouvert un petit hôtel à Bali et ils ne rentrent quasiment jamais en France. Pour quoi faire ? Ma grand-tante Wanda, dont j'ai toujours été très proche, passe les fêtes avec son *sex friend* sur la Côte. Imaginer qu'une femme de soixante-dix ans a une vie sexuelle plus active que la mienne est carrément déprimant. Quant à Estelle et Richard, ils ne rentreront de vacances qu'après Noël. Voilà, comme dirait Jean-Jacques, je marche seule, sans témoin, sans personne. Heureusement, Mojito sera là pour m'aider à finir la dinde. Sauf si Madeleine me le pique. Ce qui serait l'apothéose de ma vie festive.

En même temps, je n'ai jamais été une fan inconditionnelle de Noël. C'est à peine si mes parents le fêtaient quand j'étais enfant. Aucun sapin, ni guirlande, ni bûche, juste une tranche de pâté qui se donnait des airs de foie gras, des blancs de dinde bouillis et une purée de marrons que j'avais en horreur, une bûche garnie au cholestérol accompagnée d'un billet glissé dans une enveloppe. Voilà, Joyeux Noël, un bisou, une tisane et au lit, emballé, c'est pesé.

Quand j'ai rencontré Estelle à l'adolescence, j'ai découvert que ça ne se passait pas comme ça dans les autres familles. La sienne était à la limite de l'hystérie dès le mois de novembre. Ses parents, sa sœur et elle commençaient à dresser des listes de cadeaux potentiels en cachette, ils se posaient des questions détournées sur les goûts des uns et des autres, couraient les magasins à la recherche de nouvelles décorations alors qu'ils auraient pu ouvrir une boutique avec celles qu'ils possédaient déjà, réfléchissaient au menu du réveillon des semaines à l'avance, apprenaient de nouveaux chants dont ils recopiaient les paroles pour que toute la famille puisse les chanter le jour

J, et passaient des journées entières à transformer leur maison en cabane de lutins. Leur soirée de Noël se déroulait exactement comme dans les films américains, à l'exception du lait de poule et de la neige qui ne tombait jamais dans le midi. D'ailleurs, la première fois que j'ai assisté à tous ces préparatifs, je me suis crue à l'intérieur de l'un de ces téléfilms. Malgré ma stupéfaction, je dois reconnaître que j'ai apprécié cette effervescence. Les parents d'Estelle m'ont invitée à passer les fêtes en leur compagnie, ce que les miens ont bien évidemment accepté, trop heureux qu'ils étaient de pouvoir partir en vacances sans moi. Les années suivantes, j'attendais moi aussi Noël avec excitation et impatience. Jusqu'au jour où la sœur jumelle d'Estelle est morte lors d'un accident, juste avant les fêtes. Il n'y a plus jamais eu de fête, de sapin, et encore moins de chant. Pour moi, Noël est redevenu un non-événement. Aussi, je ne vois pas pourquoi tous ces préparatifs me donnent le cafard, comme je l'explique à Clara, alors que nous avançons vers la plage, sous un ciel indécis.

— Tu sais, chez moi non plus, on ne fêtait pas Noël, lâche-t-elle soudain. Mes parents étaient athées.

— Et alors ? Ça n'empêche pas de s'amuser un peu, protesté-je.

— Exactement ! s'enflamme-t-elle. J'ai une idée géniale : on va fêter Noël toutes les deux !

Elle me propose un programme digne d'une comédie romantique : déco kitsch, bouffe gargantuesque, films à l'eau de rose, champagne, overdose de choux à la crème.

— Le programme est tentant, j'avoue. Mais je ne sais pas, je ne serais sans doute pas de bonne compagnie. Regarde la tête que j'ai !

— Je la trouve très mignonne, ta tête, précise-t-elle en me souriant.

— C'est gentil, mais tu vois ce que je veux dire… J'ai plutôt envie de m'enrouler dans ma couette et d'attendre que la vie normale reprenne.

— Mouais, mais je ne suis pas d'accord. Je ne laisse pas mes amies passer les fêtes toutes seules avec leur couette et leur chien avant qu'elles n'aient atteint les quatre-vingt-dix ans. C'est une règle que je me suis fixée.

— Depuis quand ?

— Cinq minutes. Mais c'est désormais une règle absolue, affirme-t-elle en s'arrêtant devant une crêperie.

Elle commande deux crêpes au caramel beurre salé.

— C'est bien ta saveur préférée ? me demande-t-elle.

— Oui… Comment tu sais ?

— Je t'ai entendu le dire à François. J'ai tout enregistré ! déclare-t-elle avec un clin d'œil.

Nous allons nous asseoir sur un banc, face à la mer couleur vert-de-gris.

Les mouettes, plus organisées qu'une équipe de rugby, se posent sur le sable, hurlent, puis s'envolent en quête de leur prochain casse-croûte. J'aimerais être une mouette. Pas tout de suite. Après avoir terminé ma crêpe, évidemment.

— Viens, j'ai une idée ! s'exclame Clara après sa dernière bouchée.

— Encore ?

— Oui, je suis une machine à idées, figure-toi.

Je la suis… jusqu'à une cabane qui propose des activités nautiques. Bouées tractées, paddles, pédalos, skis nautiques… tout ce que je déteste. J'aime la mer, j'aime nager, mais pas faire la fofolle dans l'eau, rapport à une sombre histoire où j'ai failli me noyer dans mon enfance. Le clou du spectacle : une pauvre barque décrépie, échouée sur le sable.

— Non, mais tu n'es pas sérieuse ?

— Mais si ! Ça va être marrant !

Marrant ? Il fait moins quatre-mille, cette barque est aussi rafistolée que Frankenstein et je ne sais pas ramer ! Cela ne correspond pas à ma définition du mot marrant ! Pourtant, je n'ose pas exprimer ma réticence avec autant de franchise, de peur qu'elle ne me prenne pour une indécrottable rabat-joie. Je tente une timide résistance :

— Euh… Je suis pas hyper rassurée…

— T'inquiète, je gère !

Elle se dirige vers un vieux monsieur à la casquette élimée et au cigare pestilentiel. Après négociation, elle revient triomphante avec deux gilets de sauvetage et quatre rames. Mon sang se fige. Pourquoi n'ai-je pas eu le courage de lui avouer ce que je pensais ? Pourquoi faut-il que je cherche toujours à faire plaisir à tout le monde ? Pourquoi suis-je incapable de dire non ? Ce n'est pourtant pas si compliqué… Juste trois lettres ! Mais voilà, quand je dis non, j'ai l'impression de mettre une gifle à l'autre, de lui hurler en pleine poire que je le déteste. Pathétique.

Mais Clara rayonne d'un tel enthousiasme que je finis par attraper sa main et grimper dans l'embarcation bringuebalante qui tangue dangereusement sous mon poids. Je pousse un petit cri de surprise et enfile mon gilet de sauvetage à la hâte. Une fois assise sur une planche en bois vermoulue, j'empoigne les manches des rames et lance un regard affolé à Carla. On rame tant bien que mal… et surtout de travers.

— Mince, on tourne en rond ! remarque Clara en gloussant.

— Essaie de ramer droit !

— Toi rame droit, tu tires trop sur tes rames ! me rétorque-t-elle, entre deux hoquets.

Nous essayons de coordonner nos coups de rame. Résultat : nous faisons des ronds dans l'eau dignes d'une chorégraphie de dauphins ivres. Nous poursuivons notre activité de galériennes et, à chaque coup de rame, elle m'envoie des pelletées d'eau glacée. Je pousse des cris d'otarie, elle se marre.

Au-dessus de nos têtes, deux goélands planent, le regard calculateur.

— Vous n'aurez pas notre peau ! crié-je.

— À qui tu parles ?

— Aux piafs, là-haut !

Clara éclate de rire. Elle tente une nouvelle manœuvre, donne un coup de rame trop fort… qui fait pivoter la barque face à la plage. Ses rames lui échappent et s'enfoncent doucement dans la mer. Panique !

— Elles coulent !

— Qui ça, les mouettes ?

— Non, tes rames !

— Mais non, c'est censé flotter !

— Bah oui, mais non !

À ce moment précis, une vague sournoise nous fait chavirer légèrement. Et voilà mes rames définitivement perdues, elles aussi. On rit tellement que j'en ai mal au ventre. J'ignore si les goélands ont cru qu'on se moquait d'eux, mais sans préliminaire, ils larguent une cargaison en plein milieu de mon front et sur le bras de Clara. Écœurée, je ris quand même en voyant l'état de Clara, hilare malgré la situation.

Clara, héroïque, saute dans l'eau glacée pour récupérer nos rames. Trempées et gelées, on regagne tant bien que mal la plage sous les jurons du vieux marin.

— Jamais vu deux empotées pareilles ! bougonne-t-il.

— Peut-être, mais vous, vous êtes un empoté du bonheur, lui rétorque Clara avec un clin d'œil.

Nous éclatons de rire, et courons jusque chez moi sous une pluie battante.

Naturellement, je propose à Clara de prendre une douche chaude. Elle accepte, un sourire insondable aux lèvres. Quand elle revient, elle porte le pull et le pantalon que j'avais déposé sur mon lit à son attention. La voir dans mes vêtements me trouble. Je détourne le regard et dépose deux mugs de vin chaud sur la table. Nos doigts se frôlent en saisissant nos tasses. Elle ne bouge pas, moi non plus. Nos doigts se touchent et nos regards se croisent. Son index remonte le long de mon pouce, de mon poignet, de mon bras, de mon cou. Je reste immobile, profitant de l'instant et de la douceur de la caresse. Elle s'approche de moi et m'embrasse sur la bouche. Du bout des lèvres d'abord, timidement. Elle s'arrête et me regarde avec des points d'interrogation dans les yeux. Je lui souris, en essayant de mettre mon cerveau sur off. Elle m'enlace tendrement. Et caresse mes cheveux. Je sens mon cœur s'emballer en même temps que ma raison. Ils se livrent alors une joute verbale de haute volée :

— C'est drôlement agréable, dit mon cœur. Elle est d'une douceur…

— Oui, mais c'est une fille ! répond ma raison.

— Et alors ? Sache que l'amour n'a pas de sexe, d'abord.

— Peut-être, mais s'agit-il réellement d'amour ? interroge ma raison.

— Évidemment ! Je te reconnais bien là, toujours à couper les cheveux en quatre. Si ce n'est pas de l'amour, je me demande ce que ça peut être, ricane mon cœur.

— De l'amitié ! affirme ma raison en lui tirant la langue.

— Hu hu hu ! Si j'en crois mes battements, je dirais qu'il y a un peu plus que cela, Madame la raison… Mais toi, tu ne peux pas comprendre, coincée comme tu es…

— OK, elle trouve cela agréable, voire excitant, mais je te répète qu'elle n'est pas amoureuse. Si tu te calmais cinq minutes, tu t'en apercevrais… Enfin, si tu en es capable, bien entendu.

— Ah oui ? Et depuis quand est-ce Madame la raison qui décrète ce genre de choses ? L'amour, c'est mon domaine, rétorque le cœur. Laisse-moi faire mon job.

— Puisque tu es si sûr de toi, monsieur-je-sais-tout, laisse-moi poser une question à Lola.

— Vas-y, fais-toi plaisir ! Mais dépêche-toi, parce que là, ça commence à chauffer !

— Lola ! Lola, tu m'entends ? C'est ta raison qui te parle. Dis-moi : apprécies-tu Clara comme une amie ou comme une amoureuse ?

La question de ma raison me prend au dépourvu et me fait reculer d'un pas. Mon cœur me crie de retourner dans les bras de Clara, mais je n'y arrive pas. Je ne veux pas me mentir ni lui mentir, je ne veux pas lui faire croire en des sentiments que je n'éprouve pas réellement. J'ai trop peur de perdre son amitié. Je baisse la tête, cherchant comment lui expliquer la dispute intérieure qui continue à faire rage sous mon crâne entre ma raison et mon cœur qui tremble de peur, désormais.

— Tout va bien Lola, me dit Clara. Tu n'as pas besoin de parler, de m'expliquer.

— Mais si ! Je ne voudrais pas que tu croies que…

— Chut… Tout ce que je crois, c'est ce que je vois dans tes yeux, Lola. Ton âme est tellement pure qu'elle en devient transparente et j'arrive à lire en toi comme dans un livre. J'espère seulement que tu accepteras qu'on reste amies.

— Oui, absolument !

— On a quand même le droit à un câlin amical, non ?

Elle me tend les bras et je l'étreins avec reconnaissance. C'est si bon de trouver une amie, me dis-je en regardant par la fenêtre. De l'autre côté, je vois Madeleine qui nous observe sans se gêner, en tenant Mojito par la laisse.

— Clara, ma curieuse de voisine est en train de nous espionner. Accepterais-tu un baiser amical, pour qu'elle en ait pour son argent ?

Nous nous embrassons une dernière fois, jusqu'à ce que Madeleine s'en aille, l'air outré, puis éclatons de rire en nous affalant sur le canapé.

23

UN ORANG-OUTAN QUI DANSE COMME ROBOCOP

MOJITO

— Hey ! Momo, t'es là, mon pote ?

Ça fait deux minutes que Maurice m'appelle de l'autre côté de la porte de la cuisine. La courtoisie voudrait que je lui réponde, mais je n'en ai pas le courage. Trop, mais beaucoup trop d'événements se sont succédé ces derniers jours dans ma petite vie jusqu'alors si tranquille. Si Estelle et Richard sont en vacances, moi je n'ai jamais été aussi débordé. Je pensais que rien ne pourrait m'ébranler dans ma mission d'agent secret, mais là, je crains d'avoir atteint mes limites, non seulement en termes de fatigue, mais aussi sur le plan émotionnel ! Vous savez quoi ? Je suis vanné, lessivé, épuisé.

Hier, j'ai accompagné Madeleine et Odette dans un aérodrome. Quand j'ai vu Madeleine monter dans ce vieux coucou en ferraille, j'ai cru que mon cœur allait lâcher. Alors, imaginez quand je l'ai vu décoller et faire des loopings dans les airs ! Ma coupette était pleine. À tel point que j'ai vomi (une fois encore) dans le taxi du retour. Robert était furax et il a juré que le seul endroit où il accepterait désormais de conduire les mamies était en enfer. Je ne sais pas où se trouve cet enfer, mais je passe mon tour, merci bien. En plus, bien avant mon « intervention », sa voiture dégageait déjà une odeur de transpiration, de saleté et d'after-shave qu'aucun chien digne de ce nom ne saurait tolérer.

Quand Madeleine m'a ramené à la maison, je me voyais déjà dormir sur mon canapé, enroulé dans la couverture bleue (la plus moelleuse, celle qui sent le chocolat), après avoir englouti le succulent repas préparé par Lola. Pensez-vous ! Mes espoirs se sont vite envolés. Par la fenêtre, j'ai vu ma maîtresse intérimaire embrasser une autre femme. Je n'y comprends plus rien. Moi qui croyais que les femmes embrassaient les hommes… Tout part à vau-l'eau. En même temps, je me dis qu'il serait peut-être temps qu'ils comprennent les humains, que tout ça, qui embrasse qui, ça n'a aucune importance. Nous, les chiens, on le sait depuis longtemps et si j'ai envie de faire un bisou à un autre mâle et même de lui renifler le popotin, ça signifie tout simplement que je l'aime bien, il ne faut pas en faire tout un camembert, comme dirait Madeleine. Bon, elle, elle a eu l'air un peu choquée par la scène et elle a marmonné que « *la petite aurait quand même pu fermer ses volets avant de se livrer à une orgie.* » Là encore, je n'ai pas tout compris, mais ça m'était égal, je voulais juste rentrer chez moi et dormir, enfin.

Une fois encore, je me berçais d'illusions. Quand nous nous sommes couchés, moi et mes paupières de deux tonnes chacune, Lola ne m'a pas laissé dormir. Elle m'a pris dans ses bras et, tout en me câlinant, elle se mettait à pleurer, puis à rire, puis à débiter tout un tas de mots que mon pauvre cerveau ne traduisait plus. J'avais envie de lui crier « *Fous-moi la paix !* » comme je l'ai entendu dire dans un film, mais d'une part, ce ne serait pas très correct et, d'autre part, Lola ne comprend toujours pas ma langue. Pfffff... Ah, ces humains, ils ont encore tellement à apprendre...

Alors, le petit Maurice, il est bien gentil, mais là, ma dose de tolérance est dépassée et je ne me sens pas le courage de supporter ses blagues douteuses et ses plans pour le moins foireux.

— Mojiiiiiiiiiiiiiiiiiito ! Mojiiiiiiiiiiiiiiiiiito !

Maurice continue à beugler dehors en imitant la façon dont Elvis prononce mon prénom. De mieux en mieux...

— Quoiiiii ? finis-je par lui répondre, tel un clébard des bas quartiers.

— Viens, faut que je te parle !

— Non Maurice, aujourd'hui, je suis en RTT.

— En quoi ? Allez, sors de là ou je continue à t'appeler toute la journée. Je n'ai que ça à faire, de toute façon.

— Je ne bougerai pas d'ici.

— C'est une question de vie ou de mort. Et un agent secret ne peut pas laisser l'un de ses protégés mourir sans intervenir, pas vrai ?

Il sait comment me parler, le bougre ! Je me faufile par la chatière dont l'ouverture est restée accessible, Lola n'ayant pas pensé à remettre le sac de croquettes devant. Les péripéties de ces derniers jours m'ont apparemment délesté de mes rondeurs, ce qui me permet de passer avec plus de grâce.

— J'espère que tu n'exagérais pas, comme à ton habitude... lâché-je.

— Bien sûr que non, tu me prends pour un Marseillais ou quoi ? Tu dois absolument m'aider à draguer Miss Lilie.

— Adieu, Maurice.

— Il n'y a que toi qui peux m'aider, mon pote, gémit-il. Je suis nul à ce petit jeu-là. Je ne sais pas comment lui parler. Face à elle, je deviens débile et…

— Face à moi aussi, si je puis me permettre… persi-flé-je.

— Et j'ai su par Minouche qu'elle me trouvait un peu bourrin.

— Bourrin, comme un cheval ? Elle te prend pour un étalon ?

— Non, bourrin comme crétin.

— Ah oui, elle n'a pas tort, en effet. Mais présentement, je suis un peu débordé, vois-tu et…

— Tu m'as promis, Momo ! Tu m'as juré que tu m'aiderais à la séduire si je venais avec toi chez Madeleine. Pour toi, c'est super facile ! Tu n'as qu'à sortir tes jolies phrases et toutes les chiennes tombent à tes pieds, pas vrai ?

L'un de ses yeux me lance un regard suppliant.

— Oui, il y a un peu de ça, je le concède… Mais, dans ton cas, le mieux serait encore de te taire.

— Sympa…

— Tu dois jouer avec tes atouts et minorer tes points faibles, tels que ta logorrhée.

— Ma quoi ? Et c'est quoi, mes atouts ?

— Euh… Attends, laisse-moi réfléchir…

Je creuse au plus profond de mes méninges pour répondre à sa question insoluble.

— C'est long !

— En fait, comme le disait un philosophe « *Tout le monde ne peut pas miser sur son physique, surtout toi. Alors si je peux te donner un conseil, oublie que tu n'as aucune chance, vas-y, fonce. On ne sait jamais, sur un malentendu, ça peut marcher.* » Toi, tu dois créer ta chance, inventer des atouts. Par exemple, tu peux lui lancer un regard profond, langoureux, romantique… Vas-y, essaie !

Maurice fronce son museau et ce qui lui sert de sourcils et se concentre. Son œil droit me fixe avec intensité (comme s'il voulait me tuer) et le gauche, scrute les nuages. Je me retiens pour ne pas pouffer. Le pauvre hère semble bien dépité.

— Hum… Mauvaise idée. Je crois qu'il faut renoncer, Maurice, ce serait plus sage.

— Allez, Mojito ! Je suis dingue de cette chatte, elle est merveilleuse, elle a des yeux sublimes et une queue tellement soyeuse…

Je fronce mon museau, étonné de découvrir autant de poésie en lui.

— Eh bien, mon ami, je crois que je me suis trompé sur ton cas ! Quand tu laisses parler ton cœur, sans jouer aux gros matous de banlieue, tu ne t'en sors pas si mal. Garde cette phrase en réserve dans un coin de ta tête. Oh ! Mais je sais ! J'ai vu un film avec Lucas l'autre jour. Un homme en maillot de bain et coiffé d'un chapeau de paille se pavanait devant des femmes allongées sur une plage. Il marchait avec le dos légèrement penché en avant, en roulant du popotin et ses bras balayaient l'air d'avant en arrière. D'après lui, c'était le meilleur moyen de draguer les filles, même si, personnellement, je trouve qu'il ressemblait davantage à un gorille. Mais bon, tu n'as rien à perdre ! Essaie !

Maurice plie ses pattes avant, dresse son popotin vers le ciel et essaie d'onduler son arrière-train, tout en me regardant d'un œil qui se veut sensuel. Cette fois, je ne peux m'empêcher de rire. Ce n'est pas un gorille, c'est un orang-outan qui danse comme Robocop.

— Voilà la solution, Maurice ! Tu dois la faire rire ! C'est ça, ton atout ! Hahaha ! Tu es trop drôle !

Finalement, cette journée commence plutôt bien...

Mais ce que j'ignore encore, c'est qu'elle se terminera par un drame.

24

C'EST PARTI MON KIKI !

MADELEINE

Cette fois-ci, j'ai dormi jusqu'à quatorze heures ! Moi ! Ça ne m'était jamais arrivé. Il faut dire que j'étais épuisée hier soir, après mes aventures aériennes. J'ai ressenti un véritable tsunami dans mon cœur, entre ma peur, ma colère, ma joie de découvrir enfin l'île du Cœur, le plaisir de me rappeler ces bons souvenirs avec mon Charly et mon chagrin qu'il ne soit plus là pour admirer ce fabuleux spectacle… Ces émotions m'ont littéralement submergée.

Odette craignait que je lui en veuille d'avoir organisé cette activité. Si cette idée m'a bien traversé l'esprit, je l'ai vite oubliée en comprenant combien elle s'était investie pour me permettre de réaliser l'un de mes trois vœux de la plus belle des façons. En revanche, les mots qu'elle a prononcés hier en me quittant n'ont rien de rassurant : « *Et ce n'est pas fini, ma chérie, j'ai d'autres surprises pour toi !* » J'avoue que je n'en mène pas large. Parce que si on commence par un tour dans un avion de voltige, on finit par quoi, un safari dans la jungle amazonienne, un stage dans les commandos marine ? Odette a toujours été fofolle, mais là, elle est carrément foldingue et je crains le pire.

Enveloppée dans ma couverture, je passe l'après-midi à regarder des téléfilms de Noël abrutissants. Dès les trois premières minutes, on peut deviner la chute et on finit toujours par pleurer. Non pas de tristesse, mais de dépit devant la niaiserie de situations aussi absurdes. J'entends gratter à la porte d'entrée. Derrière, je trouve le petit Zébulon, assis sur mon paillasson. Je ne l'avouerais jamais, même sous la torture, mais je me suis attachée à cette saucisse sur pattes. Je le fais rentrer, lui donne à manger et appelle Lola pour lui annoncer que son chien est chez moi, que c'est inadmissible et que j'ai franchement mieux à faire, mais que, dans ma grande bonté, je consens à le garder. Il ne faudrait pas qu'elle croie que je suis devenue aimable, j'ai une réputation à tenir dans le quartier.

Une heure après, on sonne à ma porte. Cette fois, c'est Odette. Elle entre avec un petit sourire en coin et dès qu'elle retire son manteau, ses gants, son écharpe et son chapeau, je remarque qu'elle porte une robe de soirée.

— Tu vas à un mariage ? lui demandé-je.

— Pas vraiment. Mais où je vais, tu vas aussi !

Elle recommence avec sa tête de comploteuse.

— Tu parles comme maître Yoda maintenant ? Où sommes-nous censées aller ?

— C'est une surprise !

— Oh non, par pitié Odette, je ne me suis pas encore remise de celle d'hier… Je n'ai pas envie de sortir ce soir, il fait un froid à ne pas mettre un chien dehors. D'ailleurs, j'ai Belzebuth avec moi.

— Il ne s'appelle plus Zébulon ?

— Si, sans doute, mais Belzébuth lui convient mieux, tu ne trouves pas ?

— Là n'est pas la question. Regarde ce que je t'ai apporté.

Je remarque alors seulement la housse qu'elle tient dans ses bras. Je fais descendre la glissière et je n'en crois pas mes yeux.

— Où l'as-tu trouvée ?

— Tu ne te souviens pas ? Tu m'as confié cette robe il y a des années en me demandant de refaire l'ourlet. J'ai oublié de te la rendre, étourdie comme je suis.

Je caresse l'étoffe soyeuse et je sens ma gorge se serrer.

— C'est la robe que je portais pour nos soixante ans de mariage…

— Je sais. Et c'est celle que tu vas porter ce soir. Je précise que je l'ai reprise un peu au niveau de la taille, tu t'es un peu affinée ces derniers mois.

— Mais…

— Tu te rappelles ton deuxième vœu ? Dîner avec Charles dans le plus beau restaurant de Lorient ?

— Oui, mais…

— Ouh, ce que tu m'agaces avec tes « mais » ! Tu devrais me connaître, je remplace toujours les « oui, mais » par des « donc » ! Donc, nous allons nous adapter, ma chérie. Et c'est avec moi que tu iras dîner dans le plus beau restaurant de Lorient. Ça ne sera pas aussi romantique qu'avec Charles et je ne te dirai certainement pas que tu es la plus belle, mais au moins, on passera un bon moment !

— Oui peut-être, mais dans mon idée, nous y allions à bord de sa Corvette. Il n'y avait que lui qui la conduisait.

C'était son bijou, la voiture de collection qu'il s'était offerte avec sa prime de départ en retraite.

— Et alors, où est le problème ? La Corvette est toujours garée dans l'allée du garage ?

— Oui, sous une bâche. Mais je t'ai déjà dit que je n'avais pas conduit depuis des lustres !

— Et alors ? C'est comme le vélo, ça ne s'oublie pas ! À moins que tu préfères que je ne le fasse ? me demande-t-elle en haussant les sourcils.

— Oh non, merci bien ! Vu ta façon de conduire, c'est la casse assurée pour cette pauvre voiture et la morgue pour nous deux !

— Alors, c'est réglé ! Va te changer. Je vais débâcher la voiture et voir si elle démarre encore.

Cette vieille folle agite les mains dans tous les sens. Si elle le pouvait encore, elle sautillerait jusqu'au garage. Je réprime un sourire. Ma meilleure amie n'a pas changé, elle a conservé la légèreté et l'émerveillement de la petite fille qu'elle était.

— Tu es sérieuse ? lui demandé-je en fronçant les sourcils.

— Parfaitement. File !

— Ah ! Tu m'énerves ! grogné-je en entrant dans ma chambre.

Je râle pour la forme, mais en réalité, je suis excitée comme une puce ! J'enfile ma robe en essayant de ne pas penser au jour où je l'avais portée pour la première fois. Charles m'avait regardée comme si j'étais une déesse. Je ne crois pas qu'elle soit trop démodée (bien que ma connaissance de la mode actuelle soit complètement inexistante). Sa coupe élégante et classique me semble intemporelle. J'arrange mes cheveux, mais le résultat n'est pas réjouissant. Les années et les drames de ma vie ont dévasté ma beauté… Quand je pense à cette belle jeune femme que j'ai été, à mes pommettes hautes, mes yeux pétillants, l'ovale parfait de mon visage et que je la compare à celle que je suis aujourd'hui, comparable à une poupée de papier mâché, je trouve le temps bien cruel. Mais je n'ai pas dit mon dernier mot ! Je dépose un peu de rose sur mes joues et de fard noir sur mes yeux, je fais glisser un bâton de rouge à lèvres (périmé depuis des lustres) sur ma bouche et parfume mon cou, avant de me parer des boucles d'oreilles en saphir que mon mari m'avait offertes pour mon quarantième anniversaire.

— Alors, je te plais toujours ? demandé-je la voix tremblante à mon mari qui m'observe dans son cadre posé sur la commode.

« *Tu es merveilleuse, mon amour, comme toujours.* » Voilà ce qu'il m'aurait répondu. Et je l'aurais cru, parce que son regard ne mentait pas. L'espace d'un instant, il est là, avec moi dans notre chambre, et je peux presque sentir ses mains autour de ma taille. Une larme se faufile dans mes rides, mais je la chasse pour qu'il ne la voie pas. Aujourd'hui, je veux qu'il soit fier de moi, fier que, pour une fois, j'honore la promesse que je lui ai faite.

Par la fenêtre, je remarque qu'Odette a été rejointe par mon voisin, monsieur Duverneuil, et six de ses enfants penchés au-dessus du moteur de la Corvette. Cela m'aurait étonnée aussi que la voiture de Charles redémarre aussi facilement, après être restée à l'arrêt pendant un an. J'aurais dû continuer à m'en occuper, ne serait-ce que par respect pour mon mari qui la bichonnait si souvent que j'en étais parfois jalouse. Je prends ma pochette de soirée, mon manteau le plus élégant et je les rejoins, escortée par Belzébuth. Je ne peux décemment pas le laisser seul chez moi, il retournerait la maison, et Lola n'est pas encore rentrée.

— Écoute-moi bien, Belzé, si tu vomis dans la voiture de mon Charles, je te transforme en pâté pour chat et je le donne à ton copain bigleux, c'est bien compris ?

Le canidé lève les yeux au ciel, comme si je l'avais vexé.

— Bonjour Madame Leclerc, me salue monsieur Duverneuil. Votre amie m'a demandé de vérifier votre voiture. J'ai ajouté du liquide de refroidissement, regonflé les pneus et à présent, tout est OK. Vous avez largement assez d'essence pour aller à Lorient et revenir.

— Bonjour Madame ! s'écrient les gamins, en chœur. On peut caresser Mojito ?

— Bonjour, les petits. Oui, caressez-le, mais pas trop, sinon il va vous mordre…

Ma tentative de les effrayer tombe à plat, car les six petits se jettent sur la petite patate qui me lance un regard implorant.

— Nous devons y aller, Madeleine, ou nous allons finir par être en retard, me rappelle Odette.

Je m'assieds sur le siège avant et vérifie le rétroviseur. Il est parfaitement réglé. La dernière fois que la voiture avait été conduite, c'est moi qui étais au volant. Pour aller voir Charles, une dernière fois. Une larme dégouline sur ma joue fanée et Odette me tend son mouchoir en coton.

— Ça va aller, ne t'en fais pas.

Belzébuth entre dans la voiture et grimpe sur les genoux d'Odette qui place la ceinture devant lui pour le protéger. J'allume le contact tandis que monsieur Duverneuil nous ouvre le portail.

— C'est parti mon kiki ! braillons-nous en chœur.

C'était notre cri de ralliement, chaque fois que nous partions en voyage. Nous avions pris l'habitude de le déclamer tous les deux en même temps, au moment où Charles mettait le contact. C'était notre petit jeu à nous.

J'appuie sur l'accélérateur et… je cale. J'ai oublié d'enlever le frein à main. Ça commence bien… Je recommence, et la voiture fait un saut en avant, comme un cabri !

— Aaaaaaaaah !!!

Nous sommes dix à avoir crié : les sept membres de la famille Duverneuil qui nous observent devant le portail, Odette, moi et même Belzébuth ! Je recommence, plus doucement… Et la voiture avance. Je franchis le portail, me permets même de lever la main du volant pour faire un petit geste aux enfants et m'engage sur la chaussée. Cette voiture est beaucoup plus grande que dans mon souvenir. J'ai l'impression de manœuvrer un paquebot et passe mon temps à vérifier si mon véhicule ne touche pas ceux qui sont garés le long de la route.

— Tu vois, tu te débrouilles comme un chef, me félicite Odette.

Belzé jappe, comme pour confirmer les propos de mon amie. Bon, ça va mieux, je commence à me détendre et passe à trente kilomètres à l'heure. Puis cinquante. Soixante-dix.

— Euh, tu devrais ralentir, nous sommes encore en ville…

— Mais il n'y a personne !

— Ce ne sera pas toujours le cas, sois prudente, me recommande-t-elle.

— Oh, si on ne peut même plus s'amuser…

— Je peux allumer l'autoradio ? Oh ! Une cassette de Nina Simone !

Les premières notes de *My baby just cares for me* se glissent dans l'habitacle et Odette commence à chanter en baragouinant comme une vache texane que j'imite aussitôt. C'est notre chanson préférée après tout !

— Odette ! Tu roules à 130 ! s'écrie-t-elle au bout d'un moment.

— Oui, mais on est sur l'autoroute et le panneau indique 130. Tu sais que j'ai toujours été très obéissante.

— Mon œil ! La voiture va exploser, elle fait un drôle de bruit, tu ne trouves pas ?

Belzé cache ses yeux derrière ses pattes avant et se blottit contre Odette. Je ralentis, de peur qu'il ne lui vomisse dessus. Cinq minutes plus tard, je me gare comme une chef devant La Colombe, le restaurant dans lequel Charles et moi avions fêté nos soixante ans de mariage. Un sourire ému fleurit sur mon visage.

— Bonjour, nous avons réservé une table pour deux personnes, annonce Odette au serveur qui nous accueille à l'entrée du restaurant.

On nous conduit à notre table, la même que la première fois, située devant la grande baie vitrée, avec une vue imprenable sur la mer d'encre et les lumières de la ville qui clignotent au loin. Belzé se couche sous ma chaise. J'espère qu'il restera tranquille.

On nous apporte la carte et nous commandons deux coupes de champagne, des Saint-Jacques aux pleurotes, un agneau de six heures et des légumes grillés. Ça, c'est la version en français dans le texte, parce que sur la carte, c'était : Perles de la Manche sur lit de velours ombragé et Confession d'agneau lentement caressé par le temps et enlacé de sa parure de braises estivales. Non, mais qu'est-ce qu'il ne faut pas entendre, quand même ! Nous faisons mine de ne rien comprendre à l'énoncé des plats, ce qui n'est pas complètement faux, et le serveur tente de nous les expliquer tout en conservant son air hautain et son balai bien placé.

Quand le champagne nous est servi, nous trinquons à notre amitié et aux beaux souvenirs. Je suis heureuse d'être ici, avec ma meilleure amie. Je perçois également l'âme de mon Charly qui plane parmi nous, comme un doux parfum. Deux serveurs nous apportent nos plats recouverts d'une cloche en inox et la soulèvent exactement en même temps, dans une sorte de ballet. Odette leur demande s'ils peuvent nous faire un spectacle de claquettes entre chaque plat, mais ils n'ont pas l'air de comprendre la plaisanterie. Je glisse des morceaux de pain de temps à autre sous la table et une petite langue baveuse me remercie. Beurk.

Au moment du dessert (un Opéra revisité), Odette sort un drôle de boîtier de son sac à main.

— Madeleine, tu te souviens que tu m'avais raconté votre soirée d'anniversaire dès le jour suivant ? Tu m'avais expliqué qu'au moment du dessert, Charles t'avait déclamé sa flamme et que tu en avais été très émue. J'ai feint l'étonnement, mais en réalité, je savais qu'il t'avait préparé cette surprise. Il était venu me voir à plusieurs reprises les jours précédents pour me demander conseil sur la façon la plus romantique de te témoigner son amour. Je l'ai fait répéter au moins vingt fois, mais il n'était jamais satisfait. Il voulait que ce soit « plus que parfait ! » Il s'était même enregistré sur un dictaphone qu'il a oublié chez moi et que je n'ai pas pensé à lui rendre. Mais je l'ai retrouvé l'autre soir ! ajoute-t-elle, en me montrant sa trouvaille.

J'écarquille mes yeux en imaginant mon Charles répéter son discours, alors qu'il paraissait si naturel ce soir-là. Je n'aurais jamais imaginé qu'il s'était mis autant de pression pour me faire plaisir. Je serre la serviette entre mes doigts.

— Tu ne m'en avais jamais rien dit, m'étranglé-je.

— J'étais tenue au secret-défense, figure-toi ! C'étaient les consignes de Charles. Tu es prête ? ajoute-t-elle d'une voix douce.

Mon regard se noie dans les vagues d'encre qui s'échouent sur la plage. Entendre encore la voix de Charles, je n'aurais jamais pu l'espérer.

— Je crois, oui… lui dis-je en sortant un mouchoir de ma pochette.

Sous la table, Belzébuth me lance un regard encourageant.

— Ferme les yeux et écoute, me recommande-t-elle en me tendant le dictaphone qu'elle a enclenché en mode lecture.

« Ma petite Madeleine, la première fois que je t'ai vue, tu me dépassais d'une tête. Tu avais des tresses, de grosses lunettes, les genoux écorchés et un tablier trop grand. Tu étais la plus belle fille de tout l'univers. J'ai su que tu serais la femme de ma vie, même si j'avais également conscience qu'un petit gamin comme moi n'avait que très peu de chances de séduire une fille aussi sublime. J'ai essayé d'attirer ton attention pendant des années, sans jamais oser te parler. Quand j'ai appris que tu avais quitté le village du jour au lendemain, j'ai pensé que ma vie était fichue et que je ferais mieux de l'abréger. Mais une petite voix dans ma tête m'a soufflé de ne pas renoncer. Je t'ai cherchée pendant des mois et des mois. Quand je t'ai enfin retrouvée, j'ai cru que mon cœur allait exploser. Mon rêve s'est réalisé. Je me suis fait la promesse de ne jamais te décevoir. Tu m'as accepté, tel que j'étais, le petit gars de la campagne avec ses pantalons trop larges et ses vieux godillots. Le jour de notre mariage, je suis devenu le plus heureux des hommes. Il ne s'agit pas d'une simple formule de style. Je sais qu'aucun homme sur cette planète n'a pu être plus heureux que moi. Si cela avait été le cas, il serait mort d'amour…

Soixante merveilleuses années ont passé, et même si certains nuages ont tenté d'éclipser le soleil au-dessus de nos têtes, ils n'y sont jamais parvenus. Soixante ans que ton sourire éclaire mes journées, que ton humour et ta bougonnerie me font rire, que tes attentions et ta gentillesse me remplissent le cœur de miel. Soixante ans, mon amour, que je t'aime avec la même ferveur qu'à l'instant de notre première rencontre, un amour fou, passionné, indéfectible. Et aujourd'hui, plus que jamais, je prie le ciel pour que les soixante années à venir soient tout aussi merveilleuses.

Joyeux anniversaire, ma petite Madeleine, mon éternel amour. »

Quand sa voix s'éteint, mon cœur se comprime un peu plus. Je me mords la lèvre et inspire pour ne pas pleurer. Je veux afficher le même sourire que ce soir-là, face à lui. Je sais que désormais, je pourrai réécouter son message aussi souvent que je le voudrai. Son souvenir m'accompagnait déjà chaque jour, désormais c'est sa voix qui bercera ma vie. Au bout d'un long moment, j'ouvre les yeux et saisis la main de mon amie.

— Merci du fond du cœur. Ton cadeau est inestimable, Odette, lui dis-je, la gorge nouée.

— Je veux mon neveu ! Je ne suis pas ta meilleure amie par le fruit du hasard, me répond-elle un peu brusquement, pour que je ne remarque pas à quel point elle s'est laissé gagner par l'émotion, elle aussi. Si tu ne manges pas ton gâteau, j'en veux bien !

Elle me fait rire et c'est aussi pour cela que je l'aime.

Sur la route du retour, nous parlons peu, chacune de nous revivant ces instants où nous avons été si heureuses avec nos maris respectifs. Belzé ronfle sur la banquette arrière. J'arrive devant chez moi, les yeux encore emplis d'étoiles. Trop, peut-être. Au moment où je tourne le volant pour entrer dans l'allée du garage, ma voiture emboutit le pilier du mur de clôture dans un grincement sinistre. Je lâche le volant et reste interdite, ne sachant pas vraiment comment réagir. Odette se tait, mais elle s'agite sur son siège. Elle éclate alors d'un rire incontrôlable.

— Je suis désolée, c'est nerveux ! rit-elle de plus belle.

Son fou rire me gagne et je la rejoins dans son hilarité. Quand nous parvenons enfin à nous calmer, elle pose sa main sur mon avant-bras.

— Je suis désolée. Je sais ce que cette voiture représente pour toi. Si je ne t'avais pas demandé de la conduire, elle serait encore intacte.

— Ce n'est qu'un morceau de tôle à redresser, ne t'en fais pas, la rassuré-je.

— Tu ne m'en veux pas ?

— Au contraire, je veux te remercier. Grâce à toi, mon vieux cœur s'est réveillé et tu ne peux pas savoir quel bien ça me fait !

Elle dépose un baiser sur ma joue ridée.

— Alors, ton vœu s'est réalisé ?

— Absolument, et c'était encore plus beau que ce que j'avais imaginé. Je ne vais même pas faire réparer la carrosserie. Ma voiture ressemblera à notre amitié. Même abîmée, elle continue de rouler.

25

VOUS NE SERIEZ PAS UN PSYCHOPATHE, PAR HASARD ?

LOLA

— Mais que tu es mignooooon ! m'écrié-je.

Mojito n'a pas l'air de cet avis. Il tourne sur lui-même, se frotte contre les meubles, grogne et me lance des regards outrés. Pourtant, je le trouve trop craquant dans son petit costume de père Noël. Dommage, il lui manque les bottes fourrées… Ma coiffeuse est venue me l'apporter ce matin. Elle l'avait commandé en ligne pour Charles-Edouard, mais le pauvre Chow-Chow nage littéralement dans son déguisement. Elle a pensé qu'il irait mieux à Mojito « *qui est un peu plus dodu* », selon elle. Et puis, a-t-elle ajouté, avec le froid qu'il fait en ce moment, Mojito sera le plus heureux des chiens ! Il n'a pas dû comprendre l'intérêt de ce manteau, car j'ai eu un mal fou à le lui faire enfiler, mais il me remerciera quand il sera dehors.

— Allez, on va montrer à tout le quartier comme tu es beau !

En ouvrant le portail, j'entends un croassement qui me fait sursauter. Ce n'est pas un corbeau comme je l'avais cru, mais un chat, un pauvre chat bigleux et affreusement moche. Il s'approche de Mojito et continue à miauler en lui tournant autour. Il doit certainement être jaloux…

Aujourd'hui, j'ai décidé d'aller bien, de voir la vie du bon côté et de sourire. Il paraît que même si notre sourire est forcé, notre cerveau sécrète des hormones de bonheur. Et j'ai grand besoin de me sentir plus heureuse après les événements de ces derniers jours. Alors, je m'efforce de sourire en permanence en serrant les mâchoires et en contractant mes zygomatiques. Dans la voiture, je glisse un stylo entre mes dents, à l'horizontale, pour maintenir la position. Arrivée au centre commercial, je retire le stylo, mais continue ma « Mission Bonheur », toutes dents dehors, Mojito se dandinant à mes côtés. Et ça marche ! Les gens se retournent sur mon passage, ils me sourient en retour, et l'exercice devient même une partie de plaisir. Je remarque que plusieurs hommes me lancent des regards charmeurs, c'est toujours agréable. L'un d'eux m'observe avec plus d'insistance, enfin, je crois, car ma myopie me joue souvent des tours. Je continue donc à sourire à la cantonade, tout en examinant le contenu des vitrines des magasins. L'observateur s'approche de moi, plus près, beaucoup plus près. Mince ! Je le connais ! C'est François, celui qui suit les cours de naturo avec moi. Mon sourire s'évanouit.

— Salut Lola ! Je suis ravi de te voir ici. Tu me sembles bien guillerette.

Guillerette. Je crois que même mon arrière-grand-mère n'employait pas ce terme.

— Salut François. Je fais mes courses de Noël, comme tout le monde. Allez, à bien…

— Attends, ne pars pas si vite ! Tu avais l'air heureuse de me voir, à l'instant. Ça te dirait qu'on aille boire un café ? Ou que je t'offre une crêpe au caramel beurre salé, petite gourmande ? me demande-t-il avec un sourire en coin.

— Non, merci, je suis au régime. Et pressée de surcroît.

— Allez, ne te fais pas prier, je sais que tu en meurs d'envie !

L'attitude insistante de François m'exaspère. J'ai pourtant été très claire. Non seulement il est marié, mais en plus, il ne me plaît absolument pas. Son expression me rappelle bien trop celle de Gollum, dégoulinante et suffisante. Ça, je me suis bien gardée de le lui avouer.

— Écoute, François, je t'ai déjà dit que je n'étais pas intéressée par tes… propositions.

— Vraiment ? demande-t-il en me caressant le bras de son index poisseux.

Mojito essaie toujours de retirer son joli costume en le mordillant et en tournant sur lui-même. Ses contorsions provoquent l'émission de gaz malodorants et François passe son index sous son nez pour s'en protéger, ce qui me fait sourire malgré moi. Je dégage mon bras.

— Vraiment. Pour la simple et bonne raison que… je n'aime pas les hommes.

— Sans blague ?

— Eh bien, si. J'aime les femmes.

— Haha, très drôle !

— C'est la vérité. Demande à Clara si tu ne me crois pas.

— Non ? Ne me dis pas qu'elle et toi ? Que tu… ? Enfin que vous… ?

— Eh si, on couche ensemble !

La mâchoire de François tombe dix étages plus bas et ses yeux sortent de sa tête. Je me mords l'intérieur des joues pour ne pas pouffer comme un lama.

— J'y crois pas…

— Tu sais, certaines femmes aiment la moussaka et la frisée, j'ajoute en essayant de me rappeler la formule de Madeleine.

— C'est dingue ! Mais tu n'étais pas hétéro, avant ? Je t'ai entendu parler d'un mec…

— Oui, mais ça, c'était avant. Une fille, c'est tellement plus doux, plus sensuel, plus excitant… lui susurré-je en attrapant le revers de sa veste d'un air coquin.

Je m'arrête là, ou le lama va faire son grand show. Son visage devient cramoisi.

— On pourrait peut-être faire ça à trois… susurre-t-il, le regard torve.

— François ! Je t'ai cherché partout ! Tu as acheté ton traitement pour la mycose des p… ?

Une femme que je ne connais pas s'approche de lui, les mains chargées de sacs en plastique. En me voyant, elle s'interrompt net et me dévisage. François recule d'un mètre et resserre les pans de sa veste sur lui.

— Ah, salut, Nounouche, euh… Valérie. Non, pas encore. Je te présente Lola, une… collègue de ma formation. Allez, on y va. Bonne journée, Lola !

— François, attends, l'arrêté-je en souriant, je n'ai pas répondu à ta proposition. Je préférerais faire ça avec une armée de Khmers rouges qu'avec toi. Allez, joyeux Noël à tous les deux !

Je m'éloigne à grandes enjambées, le plus vite possible, et quand la distance me paraît suffisante, j'éclate de rire, sous les yeux surpris des passants. Je m'assieds sur un banc pour reprendre mes esprits, tandis que Mojito m'observe sagement, délaissant son petit costume pour le moment.

— Les hommes, tous les mêmes ! Ils sont aussi fiables qu'une crème anti-cellulite. Pour moi, c'est fini !

Je préfère encore entrer dans les ordres, tiens ! Écoute-moi bien, Mojito, la prochaine fois qu'un homme essaiera de me draguer, je veux que tu joues mon garde du corps, mon *bodyguard*, mon agent spécial, quoi et tu le fais fuir comme s'il avait la peste !

Mojito a visiblement compris le message, car il se redresse sur ses pattes, lève sa petite tête et regarde au loin, à droite et à gauche, comme pour vérifier que je ne cours aucun danger. Je lui frotte la tête et me lève pour poursuivre mes courses de Noël. Je dois trouver un cadeau pour Clara, me dégoter des chaussures pour le réveillon (afin de remplacer toutes celles que Mojito a mâchouillées), et acheter de quoi nous préparer un bon dîner. Moi, je m'occupe de l'entrée et de la viande, Clara des accompagnements et du dessert. Comme ça, l'une comme l'autre, nous ne passerons pas des heures devant les fourneaux, d'autant que l'on s'est promis de ne pas donner dans le traditionnel et de chercher à surprendre l'autre. J'ai hâte d'y être, contre toute attente.

Depuis que j'ai compris que j'aimais Clara comme une amie et non comme une amoureuse, nos relations sont devenues plus simples et plus légères. On n'arrête pas de se raconter des bêtises et de rire ensemble. Elle m'a même avoué que nous avions bien fait de ne pas aller plus loin, car elle avait besoin d'une amie comme moi. Je suis soulagée que toute ambiguïté soit levée entre nous.

Dans une vitrine, je remarque une paire d'escarpins à paillettes et à talon rouge. Il me les faut ! J'entre et demande à la vendeuse une paire en 38. Je m'installe sur un pouf et retire mes bottines. Quand je relève la tête, je tombe nez à nez avec celle d'un gars bizarre, penché en avant, en chaussettes, les mains sur les hanches et ondulant du fessier. Au secours, je suis tombée sur un malade mental !

— C'est bien vous, non ? me demande-t-il.

— C'est bien moi qui quoi ?

— Le boa rose, la danse des canards… ? insiste-t-il, les yeux écarquillés.

— Je vous demande pardon ?

— *It's raining men,* au Havana Club !

L'image de ma prestation scénique me revient en mémoire et mes joues s'empourprent instantanément.

— Ah ! Euh… oui, je le crains. Vous avez donc assisté à ça. Désolée. J'espère que vous vous en êtes remis ?

Mojito s'approche de l'homme toujours en chaussettes et renifle le bas de son pantalon. Il se met à grogner, prenant manifestement son nouveau rôle de garde du corps très au sérieux. Puis il s'éloigne au fond du magasin en rampant, comme s'il pouvait passer inaperçu avec son costume rouge et blanc.

— Hum… Contre toute attente, j'ai survécu, en effet ! affirme-t-il en gardant son sérieux.

Son humour faussement pincé m'amuse. Je remarque alors ses grands yeux gris et sa fossette sur la joue gauche.

— Vous remarquerez que je ne suis pas rancunier, je suis même venu vous féliciter à la fin de votre forfait.

— Vraiment ? Oh ! C'était vous, Pikachu[1] ?

— Pikachu… Vous me vexez, Madame canard. Je pensais que vous aviez remarqué mon sens de l'élégance. Non, moi, j'étais Albator !

— Effectivement, cela n'a rien à voir. Beaucoup plus chic, Albator, c'est vrai. Mais borgne et balafré.

1. Pikachu et Albator sont des personnages de dessins animés des années 80-90.

— Certes. Il est hideux. Mais grand, mystérieux, sensuel…

— Je ne peux pas en juger, j'avais quatre ans quand ça passait à la télé… Le côté sensuel ne me faisait pas beaucoup d'effet à l'époque.

— Vous étiez plutôt du genre *Tarzan* ? hasarde-t-il.

— Non, moi je voulais être magicienne, dans le genre *Mary Poppins*[1]. Mais j'imagine que vous ne savez pas de quoi je vous parle.

— Douteriez-vous de ma culture ?

Il se racle la gorge, respire un grand coup et commence à chanter.

« Supercalifragilisticexpialidocious ! C'est vrai que ce mot trop long est parfait'ment atroce. Mais faut l'dire et vous s'rez à la page et plus précoce, Supercalifragilisticexpialidocious ! »

J'éclate de rire à nouveau. Cet homme chante avec la voix et l'aplomb d'un chanteur d'opéra, se fichant éperdument des clients du magasin qui le dévisagent comme s'il était fou à lier.

— OK, vous êtes un connaisseur, je dois le reconnaître. Quelle est votre chanson préférée ?

— *Il en faut peu pour être heureux, vraiment très peu pour être heureux, il faut se satisfaire du nécessaire, un peu d'eau fraîche et de verdure, que nous prodigue la nature, quelques rayons de miel et de soleiiiiiil…* déclame-t-il tout en se dandinant comme Baloo dans *Le Livre de la Jungle*[2].

J'essuie une larme au coin de mes yeux. Certains clients applaudissent la performance, d'autres entonnent le refrain avec lui et certains ont même filmé la scène.

---

1. Mary Poppins, 1964, Walt Disney.
2. Le Livre de la Jungle, 1967, Walt Disney Productions, 1967.

Il salue son public en lui adressant une révérence. J'avais raison, ce type est bien un peu dérangé.

— Vous ne seriez pas un psychopathe, par hasard ? lui demandé-je en souriant.

La vendeuse nous interrompt en apportant les boîtes de chaussures que nous lui avions demandées. J'enfile mes escarpins et observe le résultat dans le miroir.

— Vous ressemblez à Dorothy ! affirme le chanteur d'opéra.

— Qui ?

— Dorothy, dans *Le Magicien d'Oz*[1]. Ne me dites pas que vous ne connaissez pas !

— Pas vraiment, désolée. Je crains d'être démasquée, ma culture des contes de fées présente quelques lacunes. Ne me dites pas que vous allez me chanter la chanson du dessin animé ?

— Je vous épargne pour le moment, dans ma grande mansuétude. Une prochaine fois, peut-être ?

— Euh… Je ne sais pas. Peut-être, oui…

— Tenez, je vous donne ma carte, appelez-moi. Je suis toujours disponible pour pousser la chansonnette. Vous pourrez me demander ce que vous voulez : *Candy, San Ku Kai, L'Île aux enfants, Chapi Chapo*[2], je suis incollable.

— C'est bon à savoir, dis-je en posant la carte à côté de mon sac à main. Vous animez les fêtes d'anniversaires, mariages, bar-mitsva ?

— Je devrais y penser, en effet.

— Dans ce cas, ne prenez pas ces chaussures, elles seraient beaucoup trop sérieuses pour vous, lui dis-je en observant les derbys en cuir qu'il essaie.

1. Le Magicien d'Oz est le titre d'un roman pour enfants écrit par Lyman Frank Baum.
2. Titres de dessins animés.

— Vous avez raison, et en plus, elles ne sont pas assorties aux vôtres !

Je lui souris et pour cacher mon trouble, je me dirige vers la caisse pour régler mes escarpins. Mojito me rejoint et lève la tête vers moi en me montrant ses dents. Il me fait penser à *Diabolo*[1] avec son sourire narquois et je jurerais qu'il se fend la poire.

— Mais qu'est-ce que c'est ? s'écrie le chanteur de dessins animés, derrière moi.

Je me retourne et constate le problème. L'homme tient d'une main l'une de ses propres chaussures dont il laisse s'écouler un liquide jaunâtre sur le sol. Je n'ose comprendre. Mojito a toujours la même tête de pervers et semble très fier de son coup.

Mes yeux lui demandent : « *Ce n'est pas vrai ? T'as pas fait ça ?* » Le petit père Noël hoche la tête en remuant son moignon de queue. Je dépose un billet de cinquante euros sur la caisse et sors du magasin sans attendre ma monnaie, rouge de honte, en tirant sur la laisse du délinquant.

---

1. Diabolo est le nom du chien qui rit sous cape dans la série télévisée d'animation, *Satanas et Diabolo*.

26

Petit Mojito Noëëëëël

Mojito

Je me suis pris un de ces savons dans la voiture… D'après Lola, je n'aurais pas été à la hauteur de ma mission. Comment aurais-je pu savoir, moi, que je devais intervenir pour la protéger de certains hommes, mais en épargner d'autres ? Elle aurait dû me faire un signe, un « *NO GO* ». Je ne cherche pas à lui faire reconnaître son erreur, pour elle, tout est ma faute.

— Et puis je voulais que tu me protèges en grognant, voire en leur mordant le mollet en cas de danger réel. Pas en pissant dans leurs chaussures, c'est dégueu !

Je me suis abstenu de lui répondre qu'on ne règle pas la violence par la violence. Un pipi bien placé et au bon moment a des vertus qu'on ne soupçonne pas. La preuve : le chanteur d'opérette a cessé ses assiduités immédiatement !

— Pour une fois que je rencontre un homme drôle, charmant, cultivé et qui n'essaie pas de me draguer avec la délicatesse d'un Cro-Magnon ! Le pire, c'est que j'ai oublié sa carte dans le magasin ! Et comme je n'oserais jamais retourner dans cette boutique pour la récupérer, je n'ai aucun moyen de retrouver ce type. Ma vie est fichue ! Merci, Mojito !

Je ne réponds rien, je suis bien trop vexé. Elle ne reconnaît même pas la créativité de ma démarche, la discrétion dont j'ai dû faire preuve pour agir sans que personne ne me voie, et le timing parfait de mon intervention. Je suis un incompris… Je préfère aller bouder dans mon panier avec Babouche. Lui au moins, il ne me trahit jamais.

On sonne à la porte et Lola va ouvrir. C'est Madeleine. Oh non, pitié, je ne veux pas partir avec elle dans l'une de ses expéditions de l'extrême ! Je suis claqué ! Laissez-moi mourir et oubliez-moi.

— Bonjour, ma petite Lola. Oh, vous en avez une sale tête ! Quelque chose ne va pas ? Vous vous êtes disputée avec votre petite amie ?

— Excusez-moi, Madeleine, mais cela ne vous regarde pas.

— Je sais, je sais… Mais à mon âge, j'ai connu tellement d'histoires que je pourrais peut-être vous aider.

— Je ne crois pas, non. Vous vouliez sortir Mojito ?

Oh non, pitié ! Pourquoi les femmes se battent-elles pour passer du temps avec moi ? J'en ai assez, d'être la pauvre victime de mon charme irrésistible…

— Non, pas aujourd'hui. Je voulais vous demander un service.

— Ah, je comprends mieux votre amabilité soudaine, lâche Lola, avec un sourire crispé. Que puis-je pour vous ?

— Voilà, c'est un peu… Bizarre, mais je vais participer à un concours.

— Vraiment ? Quel genre de concours ?

Elle hésite un instant et se racle la gorge avant de répondre.

— Celui de la meilleure mamie du Morbihan…

J'hésite un instant, fronce les sourcils, avant de sourire.

— Non ! Vous ? Vous plaisantez, j'imagine ?

— Pas du tout ! Pourquoi dites-vous ça ? rétorque-t-elle en fronçant les sourcils.

— Pour rien…

— À vrai dire, c'est une idée de mon amie, Odette. Enfin, plus exactement, c'était mon idée, il y a vingt ans, mais depuis, vous pensez bien que j'avais renoncé à ce projet ! Odette croit que ça pourrait être amusant et ce serait surtout l'occasion de prouver à mon fils que suis encore capable de vivre seule chez moi.

— Je comprends, c'est sans doute une bonne idée, dans ce cas. Mais vous n'êtes pas censée participer avec vos petits-enfants ?

— Oui, c'est le problème. Mon petit-fils Nathan ne veut plus me parler depuis la mort de mon mari. Mais j'ai pensé à un plan. Vous pourriez vous faire passer pour ma petite-fille ! Et dire tout le bien que vous pensez de moi !

— Vous voulez que je mente ? demandé-je du tac au tac avant de me rendre compte de mon indélicatesse.

— Pardon ?

— Non, ce n'est pas ce que je voulais dire, mais vous admettrez que l'on se connaît peu et que nous n'avons pas toujours été en bons termes, alors…

— C'est de l'histoire ancienne ! Odette m'a aidée à rouvrir mon cœur et à accepter de laisser libre cours à mes émotions, affirme-t-elle.

Elle a l'air sincère. C'est la première fois que je devine l'ombre d'un sourire sur son visage.

— Alors, c'est oui ? demande la vieille dame. C'est important pour moi, vous savez…

— Je ne sais pas, je dois y réfléchir. C'est quand ?

— Dans trois jours.

— Ah oui, c'est court ! Vous êtes sûre que Nathan refuserait de venir ? Il habite bien en Bretagne ?

— Oui, à vingt minutes d'ici ! Mais non, je le connais, il est têtu comme une mule.

— Écoutez, je vais y penser et je vous donne ma réponse demain. Ça vous va ?

— Je préférerais maintenant, mais ce soir, ça ira. J'ai un autre service à vous demander.

— Encore ?

— Oui. J'ai besoin d'une tenue spéciale. Et comme je sais que vous travaillez dans la mode et que vous avez une machine à coudre, je me suis dit que vous pourriez me la confectionner.

Dans la mode, dans la mode… Elle vend du prêt-à-porter, pas sûr qu'elle sache concevoir un vêtement…

— Vous me demandez de fabriquer un costume de scène en seulement trois jours ? C'est impossible ! Quel genre de costume, d'abord ?

— Mojitooooooooooo !

Mince, Maurice est derrière la porte et ses cris m'empêchent d'écouter la suite de la conversation. Je me couche dans mon panier et je fais le mort. Quand je pense à la façon éhontée dont il s'est fichu de moi ce matin !

« Petit Mojito Noëëëëël, quand tu descendras du ciel, avec tes jouets par milliers… »

Il chantait cette stupide chanson en boucle en me tournant autour comme un vautour. Ah, c'est tellement facile de se moquer des opprimés.

— Mojitoooooooooo !

Je vais le tuer, à défaut de me laisser mourir. Je sors sans que Lola et Madeleine s'en aperçoivent.

— Quoiiiiiiiiii ?!

— Mojito, j'ai une nouvelle pourrie à t'annoncer.

— Quoi ?

— Je vais partir, déclare-t-il, l'air sombre, la queue basse.

— Et ? Continue ! Quelle est la mauvaise nouvelle ?

— C'est ça, bouffon ! Je vais bientôt rentrer chez moi ! J'ai entendu Marie-Louise, ma maîtresse, dire qu'elle voulait rentrer avant Noël.

— C'est super ! m'exclamé-je.

— Mais non ! Je ne peux pas partir sans avoir conclu avec Miss Lilie !

— Pourquoi ?

— Parce que je vais revenir l'été prochain, apparemment. Et je veux que Miss Lilie m'attende.

— Tu rêves !

— C'est vrai, Mojito, je rêve d'elle jour et nuit, c'est la chatte de ma vie, je le sens ! Tu dois m'aider !

— Non, merci. On a déjà sollicité mon aide aujourd'hui et ça s'est retourné contre moi… Tu n'as pas essayé la marche du gorille ?

— Si, mais elle s'est moquée de moi. Ta technique de drague est pourrie…

— Et tu lui as ouvert ton cœur, comme je t'avais conseillé de le faire ?

— Euh… Non, je n'ai pas osé, en fait… Tu dois aller lui parler pour moi.

— Moi ? Mais je ne saurais pas quoi lui dire !

— Tu trouveras, j'en suis sûr. T'es doué pour baratiner les gens, parler pour ne rien dire, trouver de belles phrases. Elle t'écoutera, j'en suis sûr ! affirme-t-il.

— Et comment peux-tu en être sûr ?

— L'instinct, mec ! Tu peux pas comprendre ! ajoute-t-il en adoptant la démarche du gorille.

Je le savais. J'aurais dû faire le mort…

27

JE CROIS QUE VOUS ÊTES UNE LARVE !

MADELEINE

Je n'y arriverai jamais, autant tout laisser tomber ! Odette ne se rend pas compte de ce que ce concours représente pour moi. Toute la ville sera présente et notamment des personnes que j'ai connues dans le passé. Alors même si je me fiche de leur opinion comme de mon premier bigoudi, je ne veux pas être complètement ridicule. Et je ne vois pas comment je pourrais l'éviter.

Quand j'avais écrit sur ma fiche « Devenir la meilleure mamie du Morbihan » il y a vingt ans, je n'étais pas dans mon état normal. Odette et André avaient ramené du Limoncello de leur voyage à Venise et nous l'avions dégusté avec application. Charles répétait « *Attendez, je ne saurais dire si j'aime vraiment, j'hésite... Servez-m'en un autre verre pour que j'en aie le cœur net* » et il enchaînait les coupes en riant. Pour ma part, je n'avais pas de doutes, j'aimais beaucoup ! Bref, j'étais pompette (voire plus), tout comme Odette. Nathan venait de m'offrir le diplôme de la meilleure mamie (pour me remercier du cadeau que je lui avais offert pour son anniversaire) et Odette m'a lancé « *Pourquoi tu ne t'inscrirais pas au concours de la meilleure mamie du Morbihan ?* » Bêtement, j'ai répondu « *Chiche !* » et je l'ai inscrit sur ma fiche des choses à faire avant de mourir. Enfin, surtout avant de l'oublier, car je doutais de m'en souvenir une fois que le taux d'alcool dans mon sang serait redevenu légal.

Et voilà que, vingt ans plus tard, Odette me met au défi de m'inscrire à ce fichu concours. Un concours qui se déroule dans deux jours. Deux jours ! En deux jours, je devais préparer un défilé, un discours de présentation et une performance artistique. « Un jeu d'enfant ! », m'a-t-elle assuré. Mais bien sûr… J'ai d'abord refusé, mais elle m'a assuré que quand mon fils apprendrait que j'ai participé à ce concours, il se rendrait compte que je n'étais pas sénile et qu'il me ficherait la paix. Le jeu en valait donc la chandelle.

Heureusement, Lola a accepté de me donner un coup de main. Elle va me confectionner ma tenue de scène, me prêter une robe pour le défilé et réciter le laïus où elle expliquera que j'ai été la meilleure des mamies.

Reste la saynète à préparer. Lorsque j'ai formulé ce vœu, Charles s'était enthousiasmé.

— Je pourrais jouer notre scène avec toi !

Notre scène, c'était un passage de *La Vie est belle*[1], entre George Bailey et Madeleine :

— *« Qu'est-ce que vous voulez, Madeleine. Dites-moi ce que vous voulez. Vous voulez la lune, peut-être ? Vous n'avez qu'à la demander. Je l'attraperai au lasso et je vous la descendrai. C'est une magnifique idée. Je vais vous donner la lune, Madeleine.*

1. Film de Franck Capra, 1946

— *Quand je l'aurai, qu'est-ce que j'en ferai ?*

— *Vous l'avalerez tout entière et elle se dissoudra dans vos veines. Et l'on verra briller des rayons de lune dans votre chevelure, sur vos doigts et vous serez scintillante. »*

Nous adorions ce passage et Charles me récitait régulièrement les paroles de George, surtout quand il avait quelque chose à se faire pardonner.

Sauf que mon Charly n'est plus là. Et je ne peux choisir cette scène dans laquelle, de toute façon, le rôle de Madeleine n'était pas assez consistant. J'ai cherché d'autres textes dans l'ordinateur d'Odette sur l'internet, mais rien ne m'a convaincue. Alors, j'ai écrit quelque chose, sans doute très mauvais, mais qui me convient mieux. Il ne me reste plus qu'à l'apprendre par cœur, et ça, c'est une autre paire de manches !

Odette m'a expliqué qu'elle prendrait des photos qu'elle enverrait ensuite à Paul. J'ai bien pensé à l'inviter, mais redoutant une nouvelle dispute entre nous, j'ai préféré m'abstenir. Et pour être tout à fait honnête, je crains également qu'il monte sur scène en criant « *Cette femme est la pire mère de tous les temps ! Elle ne peut pas gagner ce concours !* ». Je ne pourrais pas lui en vouloir. Je ne peux nier que j'ai été une mauvaise mère. Je n'ai pas su casser la carapace que je m'étais forgée lors de l'interruption de ma première grossesse. J'avais tellement peur de le perdre lui aussi que, inconsciemment, j'ai préféré le maintenir à distance. Je l'aimais de tout mon cœur, mais je n'osais pas me l'avouer ni le lui montrer pour ne pas susciter trop d'attente de sa part. J'en souffrais en silence, sachant pertinemment que mon attitude le blessait. Je ne pouvais pas me supporter, mais je ne savais pas comment agir différemment. Il s'est peu à peu renfermé sur lui, et moi sur moi. Au fil du temps, j'ai mis notre manque de complicité sur le compte de sa réserve. C'était sans doute plus acceptable pour moi. Mais pas pour lui. Bien sûr, je n'ai compris ce mécanisme que récemment et je ne me le pardonnerai jamais. J'aimerais lui dire que je le regrette, chercher à lui demander pardon. Il m'arrive même d'en rêver la nuit. Pourtant, quand je me retrouve face à lui, ou au téléphone, les mots refusent obstinément de sortir de ma bouche. Et c'est la vieille femme froide et méprisante qui reprend sa place. Par lâcheté et par habitude. Alors, ce concours, c'est surtout un moyen de lui faire passer mon message. J'espère qu'il le comprendra.

Zébulon est assis face à moi et me fixe de ses yeux noirs. Il semble attendre que je répète ma saynète une fois encore. Hier soir, Lola m'a proposé de rester pour boire un verre de vin. Au bout du troisième, elle m'a raconté toute son histoire, avec ce gars, Alban ou je ne sais plus quoi, qui s'était fait la malle en Inde, cette fille qu'elle prenait pour une amie et qui s'est révélée être amoureuse d'elle, ses doutes et ses interrogations sur son orientation sexuelle, sa décision de rentrer dans les ordres et cette rencontre avec un ténor pour enfants névrosés qui sévit dans les magasins de chaussures.

— Bref, je ne sais plus où j'en suis, avait-elle conclu en se servant un nouveau verre.

— Vous voulez mon avis, Lola ?

— Je ne suis pas sûre, mais dites toujours.

— Je crois que vous êtes une larve !

Elle a écarquillé les yeux.

— Pardon ?

— Oui, une larve de papillon. Une chenille, quoi ! Vous avez emmagasiné différentes expériences, avec des hommes minables, avec un autre qui l'était moins mais qui vous a larguée quand même, avec une bonne femme bizarre et un malade mental. Ça a été dur, mais vous en avez tiré des leçons et maintenant, vous savez qui vous êtes et ce que vous attendez de la vie et de vos relations. Vous êtes prête à devenir un papillon. Enfin, normalement, si vous n'êtes pas trop godiche, quoi…

Elle a haussé les sourcils, et avalé son verre de rouge.

— Hum… Merci du compliment. Ou pas ?

— Écoutez mon conseil, Lola. Vous êtes une chic fille, un peu cruche, certes, mais gentille. Vous ne devez jamais changer pour un homme, une femme ou qui que ce soit. Restez vous-même et respectez-vous. Si ça dérange quelqu'un, qu'il aille se faire voir chez les Grecs ! Compris ? Tenez, resservez-moi un verre de ce Bordeaux. Il est infect, mais j'ai soif !

J'ai plaisanté, comme d'habitude. C'était plus facile de balancer une ânerie que de laisser entrevoir une faille. Mais en la regardant, là, en face de moi, avec ses grands yeux pleins de questions qu'elle n'a pas posées, j'ai senti un truc remonter. Un vieux nœud dans la poitrine, que j'avais cru bien enseveli. J'ai pris mon verre comme on attrape une perche, pour faire diversion. J'ai eu beau faire la maligne, va savoir pourquoi, j'ai eu envie d'ouvrir une porte que je garde d'habitude bien fermée.

— Vous savez, ma Nadine… Elle est partie très jeune. Vingt-trois ans. Un âge où la vie commence à peine. Ce n'était pas un accident de voiture, ni une longue maladie. Non. C'était un AVC. Un foutu AVC foudroyant. Elle allait bien. Elle riait encore la veille au soir, en me racontant ses projets. Et puis… au matin, elle n'était plus là. Pas de signe, pas d'alerte. Juste un appel de l'hôpital pour me dire de venir… en urgence. Quand je suis arrivée, elle ne respirait déjà plus. C'était trop tard. Ils ont dit que même s'ils l'avaient eue sous la main tout de suite, ils n'auraient rien pu faire. Le cerveau… Ça ne pardonne pas, parfois.

Je me suis interrompue, fixant Mojito qui ronflait à mes pieds.

— Au début, je ne comprenais pas. Je hurlais dans la chambre d'hôpital, je secouais son corps en suppliant qu'elle revienne. J'aurais donné ma vie pour la sauver. Mais elle était partie… aussi vite qu'un souffle. Après ça, je suis devenue une coquille vide. Il m'a fallu des mois pour trouver une raison de ne pas la rejoindre. Charles essayait de me consoler, mais il était aussi dévasté que moi. Quant à Paul, comme d'habitude, il n'a rien montré et il s'est enfermé dans sa tristesse. Vous savez ce qui nous a sauvés ? Mon Gontran. Notre chien adoré nous a obligés à sortir, à parler, à continuer de respirer. Chaque promenade était une lutte. Mais peu à peu, il a fini par recoller un morceau, puis un autre.

J'ai esquissé un sourire triste.

— Je n'oublie pas. Jamais. Mais j'apprends à marcher avec son absence. Et je fais ce que Nadine aurait voulu : je vis et je profite des petites choses. Et je ne me laisse plus emmerder par personne ! Et vous devez faire comme moi, un point c'est tout !

Finalement, je l'aime bien cette Lola, elle me rappelle ma Nadine. Je me suis levée d'un bond et ai avalé une gorgée de vin. Je n'avais pas le temps de donner dans le sentimentalisme, j'avais un monologue à apprendre !

28

SUPER MAMIE IS BACK !

LOLA

Deux jours plus tard...

— Arrêtez de remuer comme ça, vous allez tout déchirer !

Madeleine ne tient pas en place dans la loge. Elle se met à se ronger les ongles qu'Odette lui a vernis et tourne comme un lion en cage. Je n'arrive même pas à descendre la glissière de la robe de soirée que je lui ai dégotée pour l'occasion. Une robe en soie bleu nuit qui met en valeur ses yeux et ses cheveux blancs remontés en chignon. J'ai accroché deux saphirs à ses oreilles (cadeau de son mari). Elle n'a plus rien à voir avec la sorcière échevelée que je croisais dans ma rue il y a quelques semaines.

Elle vient de faire son premier passage sur scène et après une rapide présentation, elle a défilé sur le tapis rouge, avec une grâce que je n'aurais pas soupçonnée chez elle. C'est maintenant l'heure de l'activité artistique. Nous avons déjà assisté à un numéro de claquettes d'une grand-mère tête à claques, à un remake de la scène de la poterie dans *Ghost* (avec la musique du film et l'air lascif de la mamie en prime...), à une démonstration de *break dance* très gênante, à une performance au yoyo particulièrement déprimante et à une espèce de danse burlesque (traduisez « à moitié nue ») d'une mamie qui voulait nous faire croire qu'elle voulait préserver sa dignité grâce à des cache-tétons.

— Moi, à côté d'elles, je vais être ridicule, avec mon histoire à la noix...

— Mais non, Madeleine, ça va être super ! Mais arrêtez de bouger, je n'arrive pas à fermer votre robe.

— Ce doit être un signe, Lola ! Un mauvais présage, vous ne croyez pas ?

— Taisez-vous cinq minutes et relisez votre texte.

Quelques instants plus tard, je m'installe dans la salle, à côté d'Odette et de Clara qui s'apprête à filmer, téléphone à la main. Mojito est assis sous mon fauteuil. En entendant l'animateur accueillir Madeleine, le bouledogue se redresse et grimpe sur mes genoux pour mieux voir la scène. Elle entre d'un pas hésitant et s'installe sur un fauteuil en rotin, les mains croisées sur ses genoux. Éclairée par un unique projecteur, elle observe le public plongé dans l'obscurité et lui adresse un sourire triste.

— Aujourd'hui, j'ai quatre-vingts ans. Et j'ai le cœur un peu lourd. Pas à cause de la vieillesse, non. Elle, elle fait son boulot de manière assez professionnelle, je dois dire : elle grince dans les genoux, floute ma mémoire et raccourcit mes nuits. Mais elle n'est pas cruelle, juste tenace. Non, ce qui me pèse le plus... C'est tout ce que je n'ai pas fait. Je n'ai pas dit « je t'aime » aussi souvent que j'aurais dû. Je n'ai pas assez serré mes enfants dans mes bras, sauf quand ils avaient de la fièvre ou un genou écorché. J'ai cru, bêtement, qu'il fallait rester solide, comme une armoire normande. J'ai trop souvent décliné des invitations, repoussé des occasions de rire, d'aimer, de danser, même quand l'envie me chatouillait les pieds. Je me disais : « Pas maintenant. Ce n'est pas raisonnable. Ce n'est pas le moment. » Et puis un jour, tu regardes ton agenda de vie, et tu vois que les pages se tournent toutes seules. Alors aujourd'hui, je te le dis : dis OUI. Dis oui à la folie, à la beauté, au grand n'importe quoi. Dis oui à l'amour, au ridicule, aux verres de vin qui débordent. Dis oui à toi. Dis oui pour moi, qui ai trop souvent dit non.

Elle fait une pause. Ses mains tremblent légèrement alors qu'elle chiffonne sa jupe entre ses doigts. Un silence. Puis elle reprend, plus doucement :

— Tu vois, ces mains-là… elles ont tenu des enfants, préparé des gâteaux (plus ou moins réussis), serré des sacs de courses et des poches de colère. Mais elles n'ont pas assez caressé. J'ai gardé mes mots comme on garde des conserves au fond du placard, au cas où. Sauf qu'à la fin, on oublie qu'on les a. Alors aujourd'hui, je fais une petite ouverture de bocal. Et avec ce qu'il me reste de souffle et de courage, j'aimerais te dire : pardon, Paul. Je t'aime.

Elle regarde au loin. Personne ne réagit, l'assistance semble pétrifiée, encore sous le choc d'une prestation à laquelle elle ne s'attendait pas. Madeleine essuie une larme au coin de ses yeux, se lève, s'avance d'un pas et effectue un salut. Je me redresse, suivie d'Odette et ensemble, nous nous écrions :

— Bravo !

Les autres spectateurs applaudissent à leur tour avec enthousiasme. Pour ma part, je suis bouleversée. Ces derniers jours, j'ai appris à connaître la femme sous le costume de sorcière, une femme que je trouve attachante, malgré ses reparties cinglantes. J'ai été heureuse de l'aider à préparer ce concours et j'ai appris à l'apprécier.

Néanmoins, je ne soupçonnais pas cette sensibilité chez elle ni cette capacité à déclamer un texte aussi profond et personnel. Elle a osé poser son armure à terre et se mettre à nu, reconnaître ses erreurs et demander pardon à son fils. Quel courage ! Alors qu'elle quitte la scène, mon téléphone m'indique l'arrivée d'un texto.

> C'est bon, je suis en place.

Parfait. Tout se déroule comme prévu. Je lui réponds :

> Bonne chance !

Des hommes, des femmes et des enfants montent à présent les uns après les autres sur l'estrade. À tour de rôle, ils expliquent que leur mamie devrait gagner ce concours, car c'est la meilleure et qu'elle est extra-méga-hyper géniale, sous les yeux embués de leur grand-mère. Odette me donne un coup de coude. C'est là que je suis censée intervenir. Mais je reste assise et lui souris pour la rassurer. Madeleine fait alors son apparition sur l'estrade et semble attendre ma venue.

C'est un homme qui monte sur scène à ma place. Nathan. De là où je suis assise, je ne vois pas bien son visage, mais il avance d'un pas déterminé. Le visage de Madeleine blêmit et sa bouche s'entrouvre légèrement. Elle s'approche de lui timidement. Il hoche la tête dans sa direction, puis se tourne vers le public.

— Je ne vais pas vous dire que Madeleine est la meilleure grand-mère du monde. D'abord, parce qu'elle m'en voudrait. Ensuite, parce que ce serait un gros mensonge. C'est une mamie râleuse, boudeuse, limite tyrannique. Elle pique des colères à faire pâlir les volcanologues, elle juge sévèrement le gratin des autres, et elle garde rancune comme d'autres gardent des timbres : soigneusement et avec passion.

Madeleine se mordille l'ongle tout en baissant les yeux. Nathan lui adresse un regard doux avant de reprendre.

— Pourtant, derrière ce caractère à la noix se cache une sensibilité immense. Mon grand-père savait la gérer, avec une patience d'ange et une bonne réserve de chocolat noir. Quand il est parti, tout s'est effondré. Elle a mis son cœur sous cloche et elle s'est enfermée dans une bulle de souvenirs. Elle croyait que c'était plus digne de se taire que d'avouer qu'elle avait mal. Alors elle s'est éloignée de nous, comme si on allait lire la douleur sur son visage. Ou pire : lui tendre un mouchoir.

Il s'interrompt, et son visage se fend d'un sourire.

— Mais un jour, cette bulle, elle a craqué. À cause – ou grâce – à deux femmes extraordinaires, Odette et Lola, et à un drôle de chien… Mojito (Oui, oui, c'est son vrai nom). Ce concours aujourd'hui, c'est pas juste un passe-temps de retraitée. C'est une déclaration. Une façon de dire : *Super Mamie is back* ! Alors non, Madeleine n'est pas une grand-mère parfaite. Mais c'est une femme qui a aimé, qui a perdu, qui a raté des trucs, et qui a décidé de recommencer. C'est juste ma mamie. Et je l'aime. Même quand elle critique mon gratin dauphinois.

Le visage de Madeleine est baigné de larmes quand elle prend son petit-fils dans ses bras. Celui-ci la repousse tendrement et enchaîne :

— Je voudrais profiter de l'occasion qui m'est donnée de te faire une surprise, à toi qui m'en as tellement fait, quand j'étais petit.

Il se racle la gorge et entonne les premières paroles de *Voulez-vous danser grand-mère ?* Sur le refrain, il la prend par la taille et tout en chantant, il l'entraîne dans une valse approximative et très joyeuse. Le public chante avec lui et les couples mamies petits-enfants les rejoignent dans cette danse improvisée.

Quant à moi, je suis partagée entre l'émotion, le rire et les larmes. Ce Nathan, c'est mon ténor du magasin de chaussures ! Je ne l'ai pas reconnu immédiatement, tant je suis éloignée de la scène, mais sa voix et surtout sa façon de chanter ont ôté tous mes doutes. Je n'en reviens pas ! Madeleine m'a expliqué qu'il n'accepterait jamais d'assister à cette soirée, mais j'ai eu envie d'essayer de le convaincre. J'ai cherché sur un réseau social tous les Nathan Leclerc qui habitaient dans le Morbihan. Il y en avait trois. À tous les trois, j'ai envoyé un message privé « *Êtes-vous le petit-fils de Madeleine Leclerc ?* » L'un d'eux m'a répondu par l'affirmative et je lui ai expliqué la situation par écrit. Il a d'abord hésité, mais assez rapidement, il a accepté de venir et de faire un discours. Je n'ai rien dit à Madeleine, pour lui ménager la surprise. Nathan avait choisi une image de Buzz l'Éclair en guise de photo de profil et nous n'avons communiqué que par messages. Je n'avais donc aucune idée de sa véritable identité !

Le public continue d'applaudir et de chanter en même temps. Odette me donne un deuxième coup de coude en désignant un homme, à l'entrée de la salle.

— Qui est-ce ? demandé-je.

— C'est Paul, son fils, me répond Madeleine.

29

Pierre, Paul, Jacques et tous les apôtres

Madeleine

Il est là. Malgré les projecteurs qui m'éblouissent, les larmes qui m'aveuglent, je le reconnais. Une mère reconnaît toujours son fils. D'ici, je ne vois pas son expression. Est-il contrarié ? Furieux ? Déçu ? Ces derniers temps, je ne parviens plus à le comprendre et je suis à mille lieues de savoir ce qu'il peut ressentir en cet instant. En tout cas, il a dû être aussi surpris que moi de voir son fils monter sur scène pour me faire ce si beau discours. À moins qu'ils n'aient été de mèche, tous les deux ? Est-ce Odette qui a manigancé tout cela ? Ou Lola ?

Pour l'heure, je dois retourner dans les loges, le temps que le jury délibère. Les autres mémés sont hystériques, elles ricanent entre elles en répétant qu'elles sont stressées. Stressées par les résultats de ce concours ? Sérieusement ?

Moi, je m'en fiche pas mal. Je n'ai pas participé pour gagner, mais juste pour… Pour quoi au juste ? Pour accomplir ce que je m'étais promis de faire avant de mourir ? Pour faire plaisir à Odette ? Pour que mon fils accepte de me laisser vivre chez moi ? Pour renouer avec mon petit-fils ? Sans doute. Mais il y a une autre raison. Si j'ai accepté de me lancer dans cette aventure rocambolesque, comme dans les précédentes, c'est pour me prouver que je suis encore vivante, que ma vie ne se résume pas à des allers-retours chambre-cuisine-salle à manger, dans une routine où mes seules surprises sont les variations de la météo. J'ai envie de vibrer encore, d'avoir peur, de rire, de me mettre en colère, de plaisanter, d'éprouver des sentiments envers des êtres humains qui n'attendent rien de moi ou envers un chien-saucisse qui me regarde comme s'il voulait me sauver en permanence. Voilà ce que je veux. Et mon objectif est amplement atteint. Tout ce que je souhaite, c'est que mon corps me permette de continuer à faire ce genre de bêtises encore longtemps, sans pression, juste pour renouer avec le bonheur par intermittence.

Une jeune femme invite les mamies à retourner sur scène pour la proclamation des résultats. Je préfère aller retrouver Nathan, Odette et Lola dans la salle. Je retire ces escarpins qui me cisaillent les pieds et ses boucles d'oreilles qui pèsent une tonne, détache mes cheveux et enfile mes vieilles chaussures. Tant pis pour le look ! Je me glisse hors des coulisses et passe par le long couloir qui contourne la scène. D'ici, j'entends la musique et la voix de l'animateur qui remercie le maire, la ville, les partenaires, Pierre, Paul, Jacques et tous les apôtres. J'ai au moins échappé à ça ! Je me demande quand même qui va gagner. Elles étaient plutôt sympas, ces mamies confitures. Un peu gnangnan à mon goût, mais sympa. Je suis sûre que c'est Mamie-cache-tétons qui sera élue. D'abord, parce qu'il y avait une majorité de vieux grigous dans le jury et que la mini-jupe de sa petite-fille a dû finir de les convaincre.

— Et la meilleure mamie du Morbihan est… attention suspense… Madeleine Leclerc ! s'écrie l'animateur.

Merde ! C'est pas vrai ! J'ai été la pire ! Nathan leur a expliqué, d'ailleurs. Qu'est-ce qu'il leur passe par la tête, à ces vieux schnocks ?

— Madeleine ? Madeleine, ne faites pas votre timide, on vous attend.

— Mais attendez-moi donc ! Je ne viendrai pas ! grommelé-je, cachée derrière le rideau.

Voilà que je parle toute seule, à présent. De mieux en mieux.

— Maman ?

Paul est devant moi, en appui sur une canne. Comment a-t-il fait pour arriver jusqu'ici ? Il me sourit tendrement.

— Maman, tu dois y aller. Tu as gagné.

— Mais, enfin, je… Non. Je ne l'ai pas fait pour ça. Je l'ai fait pour…

— Je sais pourquoi tu l'as fait, maman. Odette m'a tout raconté et elle m'a envoyé les photos de tes précédents exploits. J'ai compris ton message, mais si tu veux bien, on en discutera après ? Ce prix, tu l'as gagné. Tu ne leur as pas menti, tu t'es montrée telle que tu es, avec tes failles, tes faiblesses et ton humanité. D'ailleurs…

Il détourne le regard et ajoute enfin :

— Ton discours m'a bouleversé…

Sa voix se brise. Devant moi, ce n'est plus l'homme de presque soixante ans que je vois, mais mon petit garçon, celui qui courait vers moi en pleurant et en criant « Bobo, maman ! Fais un bisou magique ! ». Je réprime un sanglot et le serre contre moi, ou plutôt, je me blottis contre ce grand gaillard.

— Tu as mérité ce prix, maman. Alors va le chercher, même si, au fond, tu trouves tout ça stupide, je te connais, me souffle-t-il.

Je m'écarte de lui, essuie la larme qui coule dans mon cou.

— Je vais le chercher à une condition : tu viens avec moi.

Quand j'arrive sur scène, je me rappelle que j'ai mes godillots aux pieds et mes cheveux décoiffés qui pendouillent dans mon dos. Les spectateurs et les membres du jury crient *« Madeleine ! Madeleine ! »* depuis deux bonnes minutes pour m'encourager à venir, comme si j'étais une timide maladive. J'attrape la main de Paul pour qu'il ne se débine pas et nous avançons vers l'animateur.

— Madeleine Leclerc, félicitations, vous êtes la nouvelle meilleure mamie du Morbihan ! s'écrie-t-il comme si j'étais sourde, en me remettant une médaille ornée d'un ruban doré.

Applaudissements nourris dans la salle.

— Merci, Monsieur… l'animateur, merci Monsieur le Maire, merci à la ville et au ban, à l'arrière-ban et à… tous les apôtres. Je suis flattée, mais je dois refuser ce prix. Je ne suis pas la meilleure mamie, tant s'en faut. Et surtout, j'ai été la pire des mères, comme mon fils Paul pourra en témoigner. Je n'ai jamais su l'aimer comme il le méritait, je n'ai jamais su lui montrer combien je tenais à lui. Je lui ai toujours reproché des choses dont il n'était absolument pas coupable : la mort de mon bébé, celle de ma fille aînée et même celle de son père. Alors, vous voyez, je suis la pire des pires des mères. Je ne mérite donc pas ce prix une seconde. Mais je tiens quand même à remercier mon fils d'être toujours présent à mes côtés et de supporter l'horrible maman que j'ai été.

Paul se rapproche. Il m'embrasse sur la joue, délicatement.

— Et merci aussi à mon petit-fils, Nathan qui a, heureusement pour lui, hérité des gênes de son père et de son grand-père. Merci aussi à mon amie de toujours, Odette, et à mon amie de trois jours, Lola, et son chien-saucisse, Mojito !

Je rends la médaille à l'animateur.

— Bien, ce n'est pas que je m'ennuie en votre compagnie, mais toutes ces émotions m'ont donné soif ! Allez, bonne soirée tout le monde et joyeux Noël !

30

Au milieu des morts-vivants

Madeleine

— Tu veux une verveine ?

— Non, merci, Paul. Ou alors, je vais pisser toute la nuit, avec tout ce que j'ai déjà bu…

Nous avons passé la fin de la soirée dans un restaurant, en compagnie de Nathan, Odette, Lola, Clara et Mojito. Ils m'ont félicitée pour mon prix, mais sans doute par pudeur, ils ne m'ont pas parlé de mon discours final. Ce n'était pas le moment.

C'est maintenant. Il est une heure du matin et je suis anéantie de fatigue, mais je veux parler à Paul. Il se sert une tasse de verveine et la dépose sur la table basse. Puis il place un plaid sur mes jambes et s'assied face à moi.

— Maman, je suis désolé de m'être énervé, l'autre jour… commence-t-il en se tordant les mains.

Son embarras me griffe le cœur. C'est facile de me montrer odieuse avec mon fils au téléphone, c'est plus compliqué de le rester face à ses grands yeux tristes. Je l'arrête d'un geste.

— Tu ne t'es pas énervé, Paul. Tu ne t'énerves jamais, c'est bien ça, le pire ! J'ai toujours espéré que tu sois comme moi, avec un caractère bien trempé comme le mien, que tu me dises « Merde » quand je dépassais les bornes. Mais non, tu restes calme, placide, réfléchi. J'ai longtemps cru que tu avais le charisme d'une moule. Mais j'avais tort. Toi, tu as la force tranquille, comme disait Mitterrand. Toi, tu encaisses, tu enregistres les informations, tu gères tes émotions, tu réfléchis et tu agis ensuite. Quand tu étais petit, tu étais tellement différent de moi que je n'arrivais pas à te comprendre. J'ai voulu te rendre comme moi, en poussant parfois le bouchon un peu trop loin, en vain. C'était stupide de ma part. Et inutile. Et surtout injuste. Je n'avais aucun droit d'exiger cela de toi !

Je triture un mouchoir entre mes doigts. Il m'observe, les traits figés.

— Une bonne mère aurait accepté son fils tel qu'il était, point barre. Mais pas moi. Je me suis rendu compte de mon erreur récemment, en discutant avec la petite voisine, Lola, que tu as rencontrée tout à l'heure. Je lui ai conseillé de s'accepter telle qu'elle était et je lui ai expliqué que si on ne l'appréciait pas, c'est qu'on ne la méritait pas. C'est là que j'ai compris que je ne te méritais pas… Tu as toujours été là pour moi, mais c'est moi qui ne voulais pas de ton aide. Alors quand tu m'as placée sous tutelle, tu m'as donné une bonne raison de t'en vouloir.

— Maman, je n'avais pas le choix !

Quand Charles est mort l'année dernière, j'étais anéantie. Je n'avais plus le goût à rien, je voulais juste dormir et oublier. C'est ce que j'ai fait, après l'enterrement. Paul m'a retrouvée dans un sale état, une semaine plus tard. Il m'a fait hospitaliser pour déshydratation, dénutrition et perte de lucidité. Tout ça parce que je ne l'ai pas reconnu immédiatement... Et que j'avais donné une grosse somme d'argent à une association de protection des animaux. Il m'a alors annoncé son souhait de me placer dans une « maison d'accueil » et je lui ai répondu que je préférais mourir dans ma maison plutôt qu'au milieu de morts-vivants qui se pissent dessus.

Paul reprend d'une voix plus douce.

— Tu dois comprendre que j'ai eu peur, maman ! Peur de te perdre après avoir perdu mon père. J'ai voulu garder un œil sur toi, tout en acceptant que tu continues à vivre dans cette maison que tu aimes tant. La seule solution était de te placer sous tutelle. Je ne l'ai pas fait de gaieté de cœur. Je sais que cela a détruit notre relation, maman, mais le plus important pour moi, c'était de te sauver la vie, même si tu devais me détester pour cela.

Je gratte une tache imaginaire sur l'accoudoir du fauteuil avant de lui répondre d'une petite voix.

— J'ai compris tout ça, mais je ne voulais pas l'admettre. C'est plus facile d'en vouloir aux autres que de se remettre en question. J'ai été injuste, tellement injuste avec toi. Et pas seulement pour cette histoire de tutelle.

Voilà, nous y sommes. Cette fois, je ne peux plus reculer. Je vais devoir rouvrir la plaie qui n'avait pourtant pas fini de cicatriser.

— Paul, ce n'était pas ta faute.

Il me regarde et ses yeux s'embuent brutalement.

— Ne dis pas ça. Bien sûr que c'est ma faute ! Si je n'avais pas conduit papa à son rendez-vous chez le rhumatologue, si je l'avais laissé prendre sa voiture comme il le souhaitait, il serait toujours là.

— Tu ne pouvais rien faire contre un trente-huit tonnes qui roulait à contresens sur la nationale. Absolument rien. Et qui sait ? Il aurait peut-être croisé le même camion que celui qui vous a percutés. Ou une autre voiture. Ou il aurait eu une crise cardiaque. Je crois que son heure était venue, Paul. Il serait parti, d'une façon ou d'une autre. Et en bonne mauvaise mère que je suis, j'ai préféré rejeter la faute sur toi, comme je l'ai toujours fait. S'il existait le prix de la pire mère du Morbihan, je le remporterais haut la main, et Dieu sait que je l'accepterais celui-ci !

J'essaie de faire de l'humour, mais mon cœur saigne à l'intérieur. Cette fois, c'est moi qui pleure, sans pouvoir m'arrêter.

— Et le pire, c'est que je ne me suis jamais vraiment préoccupée de toi qui as été blessé dans cet accident, de la paralysie de ta jambe, de ton opération et de tes séances de rééducation. Toi aussi, tu as souffert, mon fils, et je n'ai pas été là pour toi. Ma douleur m'a aveuglée…

— Mais je vais mieux ! Regarde, j'arrive même à marcher avec une canne, à présent.

— J'ai vu ça ! J'en suis ravie pour toi. Je sais que ma conduite est impardonnable et jamais je ne te demanderai de m'excuser. Mais tu veux bien que j'essaie de me racheter ? Et pour les années qu'il me reste à partager avec toi, que j'essaie d'être une meilleure mère ?

— Tu sais maman, je ne crois pas que tu gagnerais le prix de la pire mère du Morbihan. En tout cas, je ne te le décernerai pas. Tu as été dure avec moi par moments, c'est vrai, mais à d'autres, tu étais extravagante, un peu fofolle, et on ne s'ennuyait jamais avec toi. Et puis ton attitude m'a appris à rester calme en toutes circonstances. C'est pour cela que mes collaborateurs m'appellent « Monsieur-nerfs-d'acier » et que j'ai pu réussir dans les affaires. Et entre nous, je savais que tu m'aimais quand même.

— Comment ?

— Nadine me l'avait fait comprendre, avant qu'elle ne quitte la maison. Elle m'a montré un album photos dans lequel tu gardais tous les clichés de moi, tous ceux que tu avais pris lors de mes anniversaires, de mes remises de diplôme, et des tournois d'échecs, des photos dont j'ignorais l'existence. Par la suite, chaque fois que je suis revenu ici, quand tu sortais de la pièce, je jetais un coup d'œil à cet album et je constatais que tu y avais ajouté des coupures de presse dans lesquelles j'étais cité. Ça me suffisait. Je savais que tu avais une façon très personnelle de me montrer ton amour et je l'ai accepté.

Mes lèvres se mettent à trembler malgré moi et je sens quelque chose s'ouvrir en moi, comme une cage dont la porte s'efface pour libérer ce qu'il existe de plus précieux en moi. Les mots restent bloqués dans ma gorge. Charles existe toujours à travers lui et il lui a légué sa bonté d'âme. Je lui souris.

— Tu es vraiment un ange, mon Paul. Mais tu n'as pas répondu à ma question…

— Une question qui ne se pose pas, maman. J'ai toujours été là, et que tu le veuilles ou non, je serai toujours là.

Il s'accroupit devant moi et prend ma main dans la sienne.

— Moi aussi, je te pardonne, maman et… Je t'aime.

Il me serre dans ses grands bras, tandis que je fonds littéralement. C'est lui qui me réconforte désormais de ses bisous magiques. Je caresse tendrement la joue de mon fils, sans doute le meilleur fils du Morbihan et du monde entier.

31

On va se paqueter la fraiiiiiiise !

Lola

— Si tu avais vu la tête de Madeleine quand je lui ai annoncé qu'on apportait des verrines crabe avocat, du poulet sauce satay, des lasagnes chèvre épinards et un crumble aux fruits de la passion ! m'exclamé-je. Je crois qu'elle a buggé ! Elle a ouvert la bouche et l'a refermée plusieurs fois de suite. Elle m'a fait pitié et je lui ai assuré que si elle voulait préparer un repas plus traditionnel en complément, ça ne nous dérangeait pas. Tu as pris le pain ?

— Oui, c'est bon, on peut y aller ! me répond Clara.

Il pleut, une fois n'est pas coutume, mais heureusement, nous n'avons pas beaucoup de chemin à parcourir avec nos plats dans les mains. Il nous suffit de traverser la route. Madeleine a laissé le portail ouvert et nous courrons pour éviter que la pluie ne nous trempe jusqu'aux os. Mojito nous devance dans son adorable costume de père Noël. Odette nous accueille et nous débarrasse de nos plats. Dans la salle à manger, tous les fauteuils ont été retirés pour installer une grande table décorée.

Mais aucune décoration de Noël, ni sapin à l'horizon. Sur la table, une armée de Schtroumpfs fait la fête, sur les murs sont suspendus des colliers de fleurs tahitiennes en tissu, des sombreros, des guirlandes de plumes. Le seul rappel à Noël se trouve sur le dos de Mojito.

— Ah ! Vous voyez ! Il n'y a pas que vous qui ayez envie de casser les codes, comme vous dites, nous annonce Madeleine en entrant dans la pièce vêtue d'une belle robe bleue. Moi aussi, je souhaitais organiser ce réveillon à ma guise, décorer ma maison avec ce qui me plaît et pas ce que la tradition voudrait que j'aime, et vous préparer un dîner qui devrait vous surprendre…

— Ah ça ! Je confirme.

Paul sort de la cuisine avec un plateau rempli de mini-hamburgers au cheddar et de sushis au saumon.

— Il y en a pour tous les goûts, faites-vous plaisir, ajoute-t-il en faisant tourner le plateau.

— Mais pour Mojito et son ami, j'ai préparé un repas plus classique. Spaghettis à la bolognaise !

— Son ami ? Quel ami ? demandé-je.

— C'est Mauriiiiiiiiiiiiice, le chat qui puuuuue ! s'écrie un perroquet que je n'avais pas remarqué et qui me fait sursauter.

Le chat affreusement moche que j'avais déjà repéré devant chez moi sort de la cuisine avec le museau barbouillé de sauce tomate. On sonne à la porte.

— Lola, pouvez-vous aller ouvrir, s'il vous plaît ? me crie Madeleine de la cuisine.

J'ouvre la porte et tombe sur Nathan et un énorme bouquet de fleurs.

— Oh ! Elles sont magnifiques. Madeleine va être très touchée.

— J'espère bien, mais ces fleurs sont pour vous.

— Ah, oh, euh… Hihi, merci ! dis-je, rougissant jusqu'à la racine des cheveux.

Je souris, mais je me sens lamentable, avec ma réplique toute moisie.

— Je vois que vous avez mis les souliers magiques de Dorothy ? me fait-il remarquer en avisant mes chaussures.

— Et vous ceux de… du Chat Botté ? Où diable avez-vous trouvé ces bottes ?

— Quoi ? Vous n'aimez pas ? Elles me donnent un look de loubard, vous ne trouvez pas ?

— Oh, si ! J'en ai la chair de poule, d'ailleurs. Allez, rentrez ou vous allez finir congelé.

Il pénètre dans la cuisine pour embrasser sa grand-mère. Clara me lance un regard sans équivoque et je me contente de lever les yeux au ciel. L'autre soir, après le concours de Madeleine, nous nous sommes retrouvés assis l'un à côté de l'autre au restaurant. Il m'a alors avoué qu'il m'avait reconnue lors de nos échanges via Facebook, car ma photo n'était pas celle d'un personnage de dessin animé, mais bien la mienne. Mais il était resté discret pour me faire la surprise. « *Et pour avoir la chance de vous revoir…* » avait-il ajouté. Il avait juré qu'il ne me tenait pas rigueur pour le pipi dans la chaussure, mais il avait précisé qu'il valait mieux que Mojito reste éloigné de lui.

Pour le moment.

Nous avons discuté de nos vies et de nos projets et j'ai appris que s'il était incollable sur les chansons des dessins animés, c'est qu'il était auteur-compositeur-interprète de chansons pour enfants, dont plusieurs très populaires. « *Eh ouais, je suis une star méconnue…* » Nous avons passé le reste de la soirée à chanter ces tubes pour enfants que nous avions été.

Mais je n'en sais pas beaucoup plus sur lui, finalement. Je dois reconnaître que je ne suis pas insensible à son charme. Je me demande si ma promesse de renoncer à l'amour est vraiment pertinente. Pourtant, j'ai une peur bleue de souffrir encore…

Il s'approche et attrape un sushi sur le plateau que tient Clara. « *Bon choix* », ne puis-je m'empêcher de penser. Clara passe sa main autour de ma taille et m'embrasse dans le cou.

— Alors, c'est toi qui dragues ma copine dans les magasins ? lui lance-t-elle.

Il écarquille les yeux et son sushi semble coincé dans sa gorge. Elle lui tape dans le dos en riant.

— Relax ! Je blaguais. Quoique… Non, je lâche l'affaire, vous allez trop bien ensemble.

J'écarquille les yeux. Elle est folle de lui dire un truc pareil, je ne sais plus où me mettre !

— Et vous rougissez en chœur, c'est trop mignon ! ajoute-t-elle.

— Clara, je crois qu'on a besoin de toi en cuisine, lui dis-je avec un sourire forcé.

— Ah, OK, j'ai compris, vous voulez rester seuls, les amoureux ? Pigé, reçu cinq sur cinq, ajoute-t-elle avec un clin d'œil exagéré.

— Désolée, Nathan… Clara est adorable, mais elle a un sens de l'humour un peu… Particulier.

— Je la trouve très gentille. Et névrosée, assurément. Et puis, elle me facilite la tâche. Je suis le pire dragueur que la terre ait porté !

Je ne peux m'empêcher de rire.

— Je n'avais pas encore remarqué que tes yeux étaient aussi… chuchote-t-il à mon oreille.

— Aussi… quoi ?

— Aussi symétriques ! Et aussi verts l'un que l'autre, c'est fou !

— Hum, effectivement, je crois que tu mérites bien ton titre !

— Ouais, je sais. Il n'y a qu'en chantant que je fais craquer les filles, mais en général, elles ont plus de soixante-dix ans…

— Oh oui, Nathan, s'écrie Odette, en passant à côté de nous, chante-nous une chanson !

— Qu'est-ce que je te disais ? Elles sont toutes folles de mon organe !

Je pouffe comme une collégienne.

— Ah ? On se tutoie maintenant ? lui rétorqué-je avec un sourire en coin.

— Il faut bien ! Tu es l'une des meilleures amies de trois jours de ma grand-mère, si j'ai bien compris.

— Ça fait cinq jours, maintenant.

Nous prenons place autour de la table et nous nous servons dans les plats qui défilent devant nous. Outre les lasagnes et mon poulet satay, il y a des tranches de jambon cru, un gratin de poireaux, des frites, de la choucroute, des pizzas et des quiches, des moules et du saumon fumé. Les parfums qui règnent dans la pièce sont détonants. À moins que ce ne soit Maurice le chat qui en soit le responsable ? Ou ce coquin de Mojito qui n'en rate pas une ?

Paul est assis à gauche de son épouse Samantha et à droite de Madeleine qui lui demande toutes les deux minutes s'il veut manger autre chose ou s'il a soif. Elle s'est même montrée aimable avec sa belle-fille, à qui elle a proposé une part de quiche, certes à moitié calcinée, mais tout à fait comestible. Je ne reconnais plus ma voisine.

— Tu as raison, Paul, refuse ce que je te propose. Tu es déjà bien assez gros comme ça, ajoute-t-elle.

Ah ! Voilà qui me rassure.

— Et toi, tu es squelettique, maman. Prends donc une autre assiette de choucroute !

Elle ronchonne pour la forme, mais ses yeux pétillants la trahissent.

Clara, assise à côté du perroquet qui se nomme Elvis comme il ne cesse de le répéter, essaie de lui apprendre des expressions du Québec où elle a vécu quelque temps.

— On va se paqueter la fraise[1] !

— On va se paqueter la fraiiiiiiiise ! hurle Elvis.

— Oh non, pitié, ne lui apprenez pas à dire des insanités, il en connaît déjà assez… intervient Odette.

— Odette, salle bêêêêêêêêêêêête !

Odette soupire et menace d'étrangler son perroquet. Tout le monde rit, mais pas Madeleine. Je me lève et lui murmure à l'oreille : « *Tout va bien ?* »

— Oui, me répond-elle, je vais bien. C'est juste que… je pensais à mon Charles. Il aurait été tellement heureux de passer ce drôle de réveillon avec vous tous.

— Vous m'excusez une seconde ?

Je sors de la pièce et y reviens juste après. Je pose un cadre sur la table face à Madeleine et aux autres invités. Derrière la vitre, Charles nous regarde en souriant.

— Voilà, c'est comme s'il était avec nous.

— J'avais tort, Lola, vous n'êtes pas cruche du tout. Peut-être un peu mièvre, quand même ? feint-elle de se demander.

Je l'enlace et colle un baiser sur sa joue, avant de retourner à ma place. Odette vient s'asseoir à côté de Madeleine.

— Les amis, on a quelque chose à vous dire, déclame-t-elle, soudain très sérieuse.

---

1. Expression québécoise qui signifie que l'on va faire la fête et s'enivrer.

Tout le monde se tait et attend la suite. Les mamies amies ménagent leur suspense.

— Ma petite voisine Lola et son amie Clara nous ont donné une idée, explique Madeleine. Odette et moi avons décidé de…

— De quoi ? demande Nathan, impatient.

— Nous avons décidé de vivre ensemble ! répondent-elles en chœur.

— C'est-à-dire ?

— On ne va pas virer notre cuti, Nathan, si c'est le sens de ta question. Mais nous avons décidé d'emménager ici, dans ma maison, toutes les deux. On veillera l'une sur l'autre et on continuera à faire des bêtises, comme avant !

— Pas trop quand même, tempère Paul.

— Autant qu'on le pourra, en tout cas, nuance Odette.

— C'est génial, Mamie ! Excellente idée !

— On va vivre iciiiiiiiiiiii ! On va vivre iciiiiiiii ! s'écrie Elvis.

La sonnette de l'entrée retentit et Paul se lève pour ouvrir la porte. Une femme se tient devant lui avec un gros carton.

— Excusez-moi, nous avons loué la maison aux volets roses, au bout de la rue, pour les fêtes. Un livreur a sonné chez nous et il est parti en laissant ce carton. Mais c'est votre nom qui est inscrit sur le bordereau de livraison…

— Oh oui, merci ! Je l'attendais. Entrez une minute, j'aimerais vous offrir une coupe de champagne pour vous remercier de vous être donné la peine de venir, Madame…

— Oh, appelez-moi Marie-Louise[1]. Je ne reste qu'un instant…

Ils entrent dans la pièce et Paul s'avance vers sa mère.

---

1. Marie-Louise est la maîtresse de Maurice dans *Une vie plus belle que mes rêves*, éditions Eyrolles, 2019

— Maman, je sais qu'il n'est pas encore minuit, mais voici ton cadeau de Noël.

Madeleine a l'air surprise et marmonne que ça porte malheur d'ouvrir un cadeau de Noël avant Noël, mais elle soulève néanmoins le couvercle. Elle pousse un petit cri. Nous ne voyons pas ce qu'il y a à l'intérieur, mais visiblement, cette chose a le pouvoir d'attendrir Madeleine. Elle plonge ses bras dans la boîte et en sort un petit chien roux qu'elle dépose sur ses genoux. Elle le caresse du bout de ses doigts tremblants.

— Je sais que Gontran te manque beaucoup, alors j'ai pensé que tu apprécierais cette petite boule de poils, précise Paul.

Madeleine marque un temps, avale sa salive et lâche :

— Oui, bon, il n'est pas trop moche. J'espère juste qu'il ne pissera pas partout…

— Mamie !

— OK ! Il est très mignon et ça me fait très plaisir ! Voilà, vous êtes contents ?

Elle fait mine d'être blasée et lève les yeux au ciel, mais fond comme un caramel quand ladite boule de poils lui lèche la main.

— Tu vas l'appeler Gontran, mamie ?

— Non, Gontran, c'est Gontran et personne ne pourra le remplacer. Celui-ci, je vais l'appeler… Zébulon ! En souvenir d'un certain chien-saucisse qui va bientôt nous quitter…

Mojito s'approche de Zébulon, le renifle derrière l'oreille et hoche la tête. Le chat-qui-pue se rapproche des deux chiens et pousse un étrange miaulement.

— Maurice ? Qu'est-ce que tu fais là ? demande Marie-Louise.

Elle prend le chat moche dans ses bras.

— On te cherchait partout ! Et toi, tu te fais inviter pour le réveillon. Tu ne t'embêtes pas, dis donc… Excusez-le, c'est vraiment un chat sans-gêne.

— Ce n'est pas le premier adjectif qui me vient à l'esprit pour le qualifier, lui répond Madeleine, déclenchant l'hilarité générale.

Quelques heures plus tard, j'embrasse Madeleine et la remercie pour cette merveilleuse soirée de réveillon qui ne ressemblait à aucune autre, mais qui était sans nul doute l'une des plus joyeuses de ma vie. Ma voisine me supplie de repartir avec les restes, car elle et Odette ne pourront pas tout finir. Je tente de lui faire comprendre qu'il y en a trop pour moi aussi.

— Mais je suis sûre que, gourmand comme il est, Mojito vous donnera un coup de main…

Je repars donc avec quatre boîtes en plastique sous le bras. Je salue tous les invités et notamment Clara, qui, étrangement, souhaite rester encore un peu.

— Attends, je vais t'aider à porter tout ça chez toi, me propose Nathan.

— Ah, oui, d'accord…

Il prend mes boîtes et une fois dehors, je l'abrite avec mon parapluie pour le protéger de la neige qui a commencé à tomber. Arrivé devant mon portail, il fait une pause.

— Bon, eh bien… Bonne nuit et encore, joyeux Noël, Lola.

— Merci… Joyeux Noël à toi aussi…

— Le hasard fait bien les choses, tu ne trouves pas ? Si on m'avait dit qu'en allant acheter une paire de chaussures, je rencontrerais une femme encore plus magique que Dorothy, je n'y aurais jamais cru.

— Hum, tu progresses… *What else* ? chuchoté-je.

— Tu es non seulement magique, mais aussi adorable. Merci pour tout ce que tu fais pour ma grand-mère. Et pour moi.

Je me tourne vers lui. Son regard clair me trouble.

— Pour toi ?

— Oui ! Dès que je te vois, tu me donnes envie de chanter ! *I'm singing in the raiiiiiiiiin ».*

— Oh non par pitié ! Tais-toi ! Sinon…

— Sinon quoi ?

Il s'approche de moi. Très près. Encore plus près. Son visage est à deux centimètres du mien et mes yeux se noient dans les siens. Mais contre toute attente, je n'ai pas peur. Je ne recule pas. Ses lèvres effleurent les miennes.

— Attends !

Je me tourne vers la maison de Madeleine et découvre quatre visages agglutinés derrière la fenêtre, en plus de celui de Mojito (que j'avais oublié là-bas), de Maurice le chat moche qui s'est encore fait la malle, d'Elvis le perroquet et du petit Zébulon.

Nathan rit doucement et incline le parapluie à l'horizontale, nous cachant du monde comme avec une aile protectrice. Quand ses lèvres effleurent les miennes à nouveau, tout se fige autour de nous. Le froid, la neige, les regards indiscrets, tout disparaît. Il n'existe plus que ce baiser, tendre et brûlant, et cette nuée de papillons qui éclate en moi, dévalant mes veines en un feu d'artifice silencieux. Sous cet abri fragile, dans cet instant suspendu, je sais que je pourrais rester là pour l'éternité.

32

Le poulet multicolore ? Même pas en rêve !

Mojito

— Tu pars quand, Momo ? me demande Maurice le lendemain de Noël.

— Cet après-midi. Et toi ?

— Demain. Tu ne devais pas partir avant Noël ? lui demandé-je.

— Si, mais les trains faisaient grève, alors… Tu reviens pour les vacances d'été ?

— Je ne sais pas encore.

— Oh, c'est nul ! Avec qui je vais zoner, moi ? se lamente-t-il.

— Avec Elvis ! Ou Zébulon.

— Ouais, mais c'est pas pareil qu'avec toi… Je suis dég…

— Je te comprends. Je suis heureux de retrouver Estelle et Lucas, ma maison et ma petite vie tranquille, mais ce sera moins drôle.

— Ah ouais ! T'es trop marrant quand tu te prends pour James Bond !

— Bah quoi ? Je ne vois pas ce qu'il y a de drôle… C'est quand même grâce à moi que Madeleine ne s'est pas pendue et qu'elle est de nouveau heureuse, non ?

— Oui, bon, mais sans moi, tu n'y serais pas arrivé, mon gars, affirme-t-il d'un ton suffisant.

— Il y a juste une petite chose qui me chiffonne.

— Qui te quoi ?

— Qui me turlupine, si tu préfères ! Je ne peux pas t'en dire plus, il s'agit d'une mission classée secret-défense.

— Encore ?

— Eh oui, que veux-tu ? Mais je crains de ne plus avoir assez de temps pour la mener à bien. Je me demande si je pourrais la confier à Elvis…

— Le poulet multicolore ? Même pas en rêve ! Sa spécialité, c'est de faire foirer les missions, alors… Moi, je peux m'en charger, j'ai encore quelques heures avant de rentrer chez moi. Allez, dis-moi, Momo !

— Je crains que tu n'aies ni les compétences ni la sagacité requise, mais une vie est en jeu, mon ami. Tu pourrais parer au plus pressé, en attendant mon retour éventuel… Alors, voilà…

— Maurice ?

Une voix féminine m'interrompt. Il se retourne et se retrouve nez à nez avec Miss Lilie.

— Hello, Maurice. Mojito m'a dit que tu voulais me voir ?

— Moi ? Euh, non. Enfin, peut-être… Oui, pourquoi pas. Je…, bredouille-t-il, les yeux tournant dans tous les sens.

— On va se promener dans la neige ?

Maurice se retourne vers moi, surpris. Elle en a mis du temps, je ne savais plus quoi lui raconter !

— Je plaisantais. Vous êtes tout à fait capable de mener à bien votre mission, si vous l'acceptez, agent Maurice. Vous avez quelques heures pour séduire la belle Miss Lilie. À vous de jouer !

Il hoche la tête, et redresse fièrement la queue.

— Ce message s'autodétruira dans deux minutes, précisé-je, respectant le protocole à la lettre.

— Oui, bien reçu, agent Mojito !

Il place sa patte à côté de son oreille, imitant un salut militaire à l'américaine. Puis, il se tourne vers la petite chatte et lui lance un œil séducteur. Un sur deux, c'est déjà pas mal !

— Alors, comment allez-vous, Miss Lilie ? Je vous trouve bien féline en ce beau matin. Auriez-vous changé de parfum, par hasard ?

Elle se met à ronronner. Maurice se retourne vers moi, m'adresse un clin d'œil.

— Bon, ben, salut Mojito. C'était cool de te rencontrer.

— Salut, mec ! lui dis-je en imitant son accent.

Il s'éloigne en pratiquant avec application la démarche du gorille. Sacré Maurice…

Une voiture se gare devant la maison. Estelle !

— Salut Estelle ! Salut Estelle ! Tu m'as tellement manqué ! m'exclamé-je en tournant entre ses jambes.

— Oh, ma boule de poils, toi aussi, tu m'as manqué, oh oui, t'es un bon chien-chien, oh oui, tu aimes les papouilles !

— Estelle !

Lola accourt au-devant de son amie.

— Hey ! Joyeux Noël ! Entre vite, il gèle ! Et j'ai plein de trucs à te raconter…

J'aimerais rentrer me réchauffer avec elles, mais j'ai une dernière mission à accomplir. J'ouvre le portail qu'Estelle n'avait pas bien refermé et je me faufile chez Madeleine. Je gratte contre la baie vitrée et Odette vient m'ouvrir.

— Mojito ? Qu'est-ce que tu fiches ici, ma saucisse ? me demande Madeleine, assise sur le canapé. Tu viens nous dire au revoir ?

— Oui, lui dis-je en jappant.

— Oh, c'est trop gentil. Viens là.

Elle m'aide à grimper à côté d'elle et me serre dans ses bras.

— Tu vas me manquer, tu sais. Plus que tu ne le crois. Je sais que tu ne comprends rien à ce que je dis, mais tant pis, il faut que tu le saches. Je t'aime bien, Mojito. T'es un brave toutou. Un peu moins beau que mon Gontran, mais ça passe.

Je reste un moment avec elle, Odette et le petit Zébulon auquel je transmets mes consignes : « *Si tu vois Madeleine accrocher une écharpe dans le garage, appelle Elvis immédiatement ! C'est une question de vie ou de mort.* ». Il se contente de m'observer, le regard vide et se laisse tomber sur le dos, les quatre papattes en l'air. Pas sûr qu'il ait tout compris…

Plus tard, quand Estelle fait démarrer la voiture, je regarde Lola et Nathan qui me font de grands signes, Maurice qui est revenu me dire au revoir et de l'autre côté de la rue, Odette, Elvis, Zébulon et ma Madeleine. J'ai le cœur qui saigne à l'idée de les quitter, mais j'essaie de ne pas le leur montrer. Question de dignité.

J'entends alors une voix me réconforter instantanément. Celle de mon ami James : « *Mission accomplie, agent Mojito !* »

Merci !

Avant de refermer ce livre, j'aimerais vous dire merci. Un vrai merci. Pas celui qu'on murmure en passant, mais celui qui vient du cœur – avec les cernes, les doutes, et les éclats de rire.

Ce roman est né une première fois en 2019, sous le titre *Mon nom est Bond, Mojito Bond*, publié en auto-édition. Mon souhait était d'écrire une histoire à la fois loufoque et tendre, dans laquelle mes fidèles lecteurs retrouveraient quelques-uns de leurs personnages préférés. L'accueil qui lui a été fait a dépassé mes attentes, et de loin ! Vous étiez nombreux à venir me voir en salon pour me confier à quel point vous aviez aimé Mojito et sa bande. Certains voulaient même une suite. C'était la plus belle des récompenses.

Quelques années plus tard, il est tombé dans les mains d'une éditrice qui l'a dévoré en une journée avant de m'annoncer à vingt-et-une heures : « J'ai adoré, je veux le publier. » Au début, je croyais à une blague. Sérieusement, qui peut lire un livre aussi vite ? Mais le lendemain, le contrat m'attendait dans ma boîte mail. J'ai compris qu'Anne-Lise (c'est le prénom de mon éditrice) était aussi speed (et sans doute aussi timbrée) que moi. C'est ainsi que la deuxième vie de Mojito a commencé. Il a d'abord subi un bon toilettage : changement de titre et de couverture, ajout et suppression de certains passages, approfondissement de certaines scènes… Nous l’avons bichonné pour qu’il vous plaise encore plus que dans sa première version. J’espère de tout cœur que cela a fonctionné.

Le fil conducteur de cette histoire, vous l’aurez compris, c’est l’amour. Celui qu’on a perdu, celui qu’on s’interdit de ressentir, celui qu’on confond, celui qui répare, qui console, celui qu’on devrait suivre comme une boussole. C’est aussi l’histoire des familles, celles qui s’aiment, qui éclatent, qui se réconcilient, qui se constituent au-delà des liens du sang. C’est aussi une histoire de femmes, de celles qui refusent qu’on leur assigne une date de péremption, de celles qui se cherchent, qui doutent, qui essaient, qui échouent parfois et qui décident de se relever, encore. À toutes celles et ceux qui se reconnaîtront dans ces lignes, sachez que vous n’êtes pas seules.

Et ce sont d’ailleurs des femmes que je souhaite remercier en premier. Carène Ponte, Valérie Faiola, Laurence Trochard, Lili White et ma maman : c’est vous qui avez été les premières lectrices de Mojito Bond, c’est vous qui m’avez donné la confiance qui me faisait défaut pour vous proposer cette histoire pas comme les autres.

Merci également à Anne-Lise Besnier qui a offert une nouvelle vie à mes personnages et qui m’a accompagnée dans ce travail éditorial avec perspicacité et humour. Merci également à Débora Colom pour son œil aiguisé.

Merci à vous, chers lecteurs. Merci pour votre confiance, votre soutien, vos confidences, votre enthousiasme, votre présence et votre fidélité. Cela fait plus de dix ans que nous nous connaissons, pour certains !

Merci aux libraires qui défendent mes livres avec passion, et à toutes les équipes sans qui ce livre n’existerait pas.

Merci aussi, bien sûr, à Andrea Field, mon agent spéciale à moi !

Et merci enfin à mes amies de toujours et à ma famille : vous êtes mon socle et je vous aime.

Voilà, trêve de mièvreries, comme dirait Madeleine, il est temps pour moi de laisser la fine équipe de Mojito prendre son envol. Je vous les confie.

Maintenant, à vous de danser, d'aimer, d'oser. À vous de dire oui à la folie, à la beauté, au grand n'importe quoi. Et, si vous croisez Mojito, de lui gratter l'oreille de ma part.

À très vite,

Marilyse

La playlist de Mojito

Tout au long de ce roman, j'ai glissé des clins d'œil musicaux. Chaque chanson citée m'a accompagnée pendant l'écriture. Pour plonger (ou replonger) avec moi dans l'univers rythmé de cette histoire, vous pouvez écouter la playlist de *Il en faut peu pour être heureux* en cliquant sur le flashcode ci-dessous : il vous mènera directement sur Spotify.

Bonne écoute !

- ***Une femme avec une femme*,** Mecano
- ***September***, Earth Wind and Fire
- ***It's raining men***, Weather Girls
- ***Let it snow***, Franck Sinatra
- ***Vive le vent, Tino Rossi***
- ***Douce nuit***
- ***Christmas is all around***, Billy Mack, B.O. de *Love actually*
- ***All I Want for Christmas*,** Mariah Carey
- ***My baby just cares for me***, Nina Simone

- ***Il en faut peu pour être heureux*** : Georges Brassens
- ***Supercalifragilisticexpialidocious,*** Eliane Thibaut, Michel Roux
- *Petit Mojito Noëëëëëël*, Maurice (malheureusement non enregistrée à ce jour)
- ***Voulez-vous danser grand-mère***, Chantal Goya
- ***I'm singing in the rain,*** Gene Kelly

RÉÉCRIS TA VIE !

Si vous le souhaitez, vous pouvez me rejoindre sur le site Réécris ta Vie, un espace dédié au coaching en évolution personnelle et professionnelle, à votre épanouissement, et à la réalisation de vos rêves. Vous y trouverez des programmes de coaching professionnel et ikigaï et des ateliers d'écriture inspirante qui vous permettront de réécrire votre histoire, une histoire passée, présente et future qui correspondra réellement à la vie que vous méritez !

Pour le découvrir, scannez le flashcode ci-dessous ou rendez-vous sur le site https://reecristavie.com

De la même autrice

Au-delà des apparences, éditions Mosaïc, 2015
Le Bon Dieu sans confession, Librinova, 2015
Otage de ma mémoire, Librinova, 2017
Et j'ai choisi de vivre, Librinova, 2017
Vise la lune et au-delà !, éditions Eyrolles, 2018
Une vie plus belle que mes rêves, éditions Eyrolles, 2019
Le Bonheur est un papillon, éditions Eyrolles, 2020
Du Chaos naissent les étoiles, éditions Eyrolles, 2021
Ferme les yeux et tu verras, éditions Eyrolles, 2022
Le drôle de Noël qui a changé ma vie, éditions Eyrolles, 2022
L'envol des lucioles, éditions Eyrolles, 2024
Je me dis Oui pour Noël, éditions Eyrolles, 2024

******

Pour retrouver ou contacter l'auteur

Mail : marilysetrecourt.auteur@gmail.com
Page Facebook : Marilyse Trécourt – Écrivain
Compte Instagram : @marilysetrecourt

Retrouvez-nous sur les réseaux sociaux :

City Editions

www.city-editions.com
@cityeditions
www.facebook.com/cityeditions/
@CityEditions
@cityeditions

Achevé d'imprimer en septembre 2025
sur les presses de la Nouvelle Imprimerie Laballery
58500 Clamecy

Numéro d'impression : 509169

Imprimé en France

La Nouvelle Imprimerie Laballery est titulaire de la marque Imprim'Vert®